© Clay Patrick McBride

Nic Sheff weiß, wie es sich anfühlt, den Sinn für die Realität zu verlieren. Als Teenager und junger Erwachsener rang er mit Drogenabhängigkeit und psychischen Problemen. Seine autobiographischen Bücher über seine Sucht und Rückfälle waren in den USA ein Riesenerfolg. ›Schizo‹ ist sein erster Roman. Nic Sheff möchte darlegen, was Schizophrenie im Teenageralter bedeutet, in dieser ohnehin schon fragilen Lebensphase. Viele der Situationen im Roman hat er selbst erlebt. Vor allem aber geht es ihm um den Ausweg. Er möchte zeigen, dass das Leben auch mit einer psychischen Erkrankung lebenswert sein kann.

Weitere Informationen zum Kinder- und Jugendbuchprogramm der S. Fischer Verlage, auch zu E-Book-Ausgaben, gibt es bei *www.fischerverlage.de*

Nic Sheff

Schizo

**Trau niemandem.
Vor allem nicht dir selbst.**

Aus dem Amerikanischen
von Maren Illinger

FISCHER Taschenbuch

MIX
Papier aus verantwortungsvollen Quellen
FSC
www.fsc.org
FSC® C083411

Erschienen bei FISCHER Kinder- und Jugendtaschenbuch
Frankfurt am Main, Juli 2015

Die amerikanische Originalausgabe erschien 2014
unter dem Titel ›Schizo‹ bei Philomel Books,
an Imprint of Penguin Group, New York

Satz: Fotosatz Amann, Memmingen
Druck und Bindung: CPI books GmbH, Leck
Printed in Germany
ISBN 978-3-7335-0088-7

Jette … für alles …

I was the walrus, but now I am John.

John Lennon

Teil 1

1

Es geht wieder los.

Ein Geräusch, als würde ein Flugzeug in meinem Ohr landen. Ich kann es nicht richtig zuordnen. Über meinen Rücken rinnt kalter Schweiß. Mein Herz schlägt schneller. Meine Hände zittern.

Mann, ich kann das nicht.

Ich kann nicht.

Wenn es wieder losgeht ...

Ich halte die Luft an und warte.

Das Geräusch kommt in Wellen – es ist schrill und kreischend.

Preston und Jackie scheinen nichts mitzukriegen.

Sie sitzen auf Prestons Bett, das eigentlich nur ein Futon auf dem Boden ist, und schauen einen alten Billy-Wilder-Film.

Preston hat seinen Arm um sie gelegt, sie ihren um ihn.

Sie sind eng umschlungen ... ineinander verflochten.

Zwei einzelne Menschen zu einem gefügt, der neu und anders ist und doch gleich.

Nicht, dass ich Jackie nicht mag. Sie ist toll. Sie ist supertoll. Und supernett.

Das sind sie beide.

Deshalb hängen sie auch mit mir ab.

Denn, ganz ehrlich, ich habe nichts zu bieten.

Ich bin das, was man einen Sozialfall nennt.

Ich darf mit ihnen abhängen und Filme gucken und Computerspiele spielen, bis Preston mir einen Blick zuwirft, der sagt, *Alter, mein Mädchen und ich wollen jetzt ficken.* Dann verziehe ich mich.

Und gehe nach Hause – in unser kleines Vierzimmerhaus unten in den Avenues, dem Gegenteil von Prestons prachtvoller Villa hier oben in der Nähe des Palace of the Legion of Honor. Sein Haus sieht aus wie ein altes gotisches Schloss, und finanziert wurde es durch die Fernsehserie, in der seine Eltern in den Neunzigern ein verheiratetes Anwaltspaar gespielt haben.

Jetzt drehen sie nicht mehr und sind fast immer auf Reisen.

Preston ist dann allein mit Olivia, der Haushälterin.

Und mit Jackie natürlich.

Manchmal stelle ich mir vor, dass Preston und Jackie meine Eltern sind. Allerdings ist Preston ein krasser Kiffer. Er hat quasi eine ganze Etage des Hauses für sich allein, und in einer Kammer baut er Gras an.

Früher habe ich auch gekifft, bis ich davon verrückt geworden bin.

Das war vor mehr als zwei Jahren.

Jetzt bin ich sechzehn, und mein letzter Anfall ist über ein Jahr her.

Aber jetzt schrillt dieses durchdringende Geräusch in meinen Ohren und wird lauter und leiser.

Es geht wieder los.

Preston hebt seine mundgeblasene Glasbong vom Parkett und nimmt einen tiefen Zug, dabei bläst er den Rauch so aus, dass er nicht in Jackies und meine Richtung kommt – ganz der Gentleman.

Der dicke graue Rauch aus seiner Lunge riecht süß und stechend, und Preston sagt: »Verdammt.« Und hustet.

Jackie sieht mich an und verdreht die Augen, aber auf eine nette Art.

Ihre Augen sind so grün, dass ich ganz durcheinander komme, wenn ich sie beim Reden anschaue. Sie hat eine markante Nase, und sie ist groß und schlank und hat tiefschwarze Haut. Sie könnte ein Model sein oder so. Sie ist wunderschön. Wenn ich nicht verrückt wäre, könnte ich vielleicht auch so eine Freundin haben wie sie.

Aber es ist nicht nur das.

Preston ist ...

Ich kann es gar nicht genau sagen.

Er ist einfach alles.

Und er hat alles.

Wenn sie ein Model ist, dann ist er ein Rockstar. Er hat lange Haare und einen stoppeligen Bart und einen kräftigen Kiefer. Er ist groß und von Natur aus muskulös, und er hat so eine Haltung, als wäre ihm alles egal.

So ist er, seit ich denken kann – ruhig und gesammelt und sorglos.

Preston und ich haben uns kennengelernt, als wir zehn waren und die Ferien im Sommercamp in Watsonville verbrachten, kurz nach dem Tod seiner Großmutter. Er erzählte mir nächtelang von ihr, und ich hörte zu. Preston macht da immer noch ein großes Ding draus. Ich glaube nicht, dass ich damals irgendetwas Besonderes geleistet habe, aber ich schätze, es hat ihm einfach viel bedeutet.

Seitdem sind wir beste Freunde – auch wenn ich erst in der siebten Klasse auf seine Schule kam, als meine Mutter die Stelle in der Schulbibliothek von Stanyan Hill bekam. Es ist eine Privatschule, und normalerweise hätten wir sie uns nie leisten können. Meine Eltern redeten immer davon, wie viel besser meine Ausbildung in Stanyan sein würde, aber mir ging es nur darum, mehr Zeit mit Preston zu verbringen.

Ich betrachte ihn, wie er auf dem Bett sitzt und den Film guckt. Sein Arm liegt um Jackie, und er lehnt seinen Kopf an ihre Schulter, ohne sich dessen bewusst zu sein. Er trägt einen Kapuzenpulli über seinem David-Bowie-Shirt aus dem Secondhandladen, hat die Beine verschränkt und starrt in bekiffter Unschuld auf den Fernseher – lächelnd.

Jackie streicht ihm gedankenverloren übers Haar, dann gibt sie ihm einen Kuss auf die Stirn.

Sie sind so mühelos zusammen.

Und dann ist da wieder dieses Geräusch, dröhnend, kreischend, es schießt auf mich zu und schnellt wieder weg.

Ich schaue mich um.

Aber ich bin sicher, dass das Geräusch nicht echt ist. Es ist Teil meiner Krankheit – nichts anderes als kaputte Synapsen und fehlgezündete chemische Reaktionen.

Gerade als ich dachte, alles könnte wieder normal werden, muss die Wirkung der Medikamente nachgelassen haben.

Die Luft ist dick und irgendwie schmierig von dem Gras und den Räucherstäbchen und unserem Atem.

Ich fummele eine Zigarette aus der Packung.

»Alles in Ordnung, Miles?«, flüstert Jackie – sie starrt mich an, als wollte sie in mich hineinsehen, um die Antwort auf ihre Frage zu finden.

Ich verliere mich kurz in ihren Augen.

»W...was? Nein. Ich meine, ja, mir geht's gut.«

»Sicher?«

»Klar«, sage ich. »Alles bestens.«

Aber Prestons Zimmer ist plötzlich heiß und erdrückend, und der Schweiß auf meiner Haut kratzt höllisch. Die Vorhänge sind zugezogen und die Fenster geschlossen, und das einzige Licht kommt vom Fernseher. Ich sitze auf dem Teppich neben Prestons Bett und will mich am Rücken kratzen, an den Armen, überall, aber ich tue es nicht, weil Jackie mich immer noch beobachtet.

»Willst du mal an die frische Luft gehen?«, fragt sie.

Ich sage nichts, konzentriere mich auf das Geräusch.

»Miles?«

Und dann sehe ich es.

Genau vor mir, auf Jackies nackter Schulter, sitzt eine riesige Mücke. Ich sehe, wie sie anfliegt und landet und zusticht. Jackie schreit auf: »Au, fuck!«

Sie schlägt sich auf die Schulter und zerquetscht das Viech auf ihrer Haut, so dass es eine Art Knall gibt und eine schwärzliche Masse zurückbleibt und die paar Tropfen Blut, die es aus ihr heraussaugen konnte, bevor es starb.

»Was?«, fragt Preston, seine Stimme ist heiser. »Was ist los, Süße?«

Sie wischt das Blut und die Teile des zerquetschen Insekts mit der Hand weg. »Bäh, eine Mücke.«

Preston beugt sich zu ihr. »Hier drin?«

Sie lacht ein bisschen. »Äh, ja … wo denn sonst!«

Sie nimmt ein Taschentuch aus dem Karton neben dem Bett, säubert ihre Hand und wirft das zerknüllte Tuch in den kleinen schwarzen Plastikeimer.

In diesem Moment fällt ihr Blick auf mich – wie ich mich breit grinsend vor- und zurückwiege.

»Was?«, fragt sie und verschränkt die Arme.

»Es war eine Mücke«, sage ich.

Sie starrt mich verständnislos an. »Und?«

Ich lache und schüttele den Kopf.

Sie starrt mich weiter an.

»Alles okay mit dir?«

Ich lache noch mehr.

Denn das ist ja die verdammte Frage, oder?

2

Dr. Frankel ist klein, quasi ein Zwerg.

Wenn er auf seinem gepolsterten Lederstuhl sitzt, hängen seine Füße zehn Zentimeter über dem Boden. Der Boden ist in diesem Fall eine Art Perserteppich auf dem Parkett, mit einem Muster, das an Palmen erinnert – ein Teppich, den ich in den letzten zwei Jahren mindestens fünftausendmal angestarrt und zu entziffern versucht habe.

Ich weiß nicht, wo meine Eltern diesen Typen aufgetrieben haben. Oder wie sie ihn bezahlen.

Ich weiß nur, dass meine Besuche endlich auf zwei Termine im Monat reduziert wurden – von jetzt an werde ich den verdammten Teppich also etwas seltener anstarren müssen.

Dr. Frankel hustet.

Er ist nicht nur wahnsinnig klein, er ist auch wahnsinnig fett. Er hat riesige buschige Augenbrauen und eine gigantische Nase und einen fleischigen Hals, und er trägt glänzende Trainingsanzüge wie ein Gangster. Ich glaube, ich starre die ganze Zeit auf den Teppich, weil sein Anblick so anstrengend ist.

Aber er ist wohl ein ziemlich guter Arzt. Die Medikamente, die ich im Moment nehme, scheinen zu wirken – und darauf kommt es an.

»Miles, mein Junge.«

So nennt er mich immer.

Ich weiß nicht, was ich davon halten soll.

»Miles, mein Junge, wie geht es dir? Besser?«

Er isst winzige Möhren aus einer Tüte, deshalb lasse ich meinen Blick lieber auf seinem seltsam gemusterten Teppich.

»Ähm, ich weiß nicht.«

Ich verschränke die Beine und öffne sie wieder.

Er kaut geräuschvoll.

»Das Zyprexa scheint doch ein Volltreffer zu sein, oder?«

Meine Augen wandern zu den eingebauten Wandregalen, in denen alle möglichen Fachbücher stehen. Einige davon hat er selbst geschrieben – darunter auch das neueste: *Schizophrenie beim männlichen Adoleszenten: Anzeichen, Symptome und Behandlung.*

Darin geht es um mich.

Na ja, um mich und die beiden anderen Typen, die ich ab und zu im Wartezimmer sehe. Nicht, dass ich je mit ihnen geredet hätte. Ich habe noch nie mit jemandem gesprochen, der diese Krankheit hat.

Und ich habe auch sein Buch nicht gelesen.

Wenn ich mir Typen mit Schizophrenie angucken will, muss ich ehrlich gesagt nicht lange suchen. Wir sind hier in San Francisco. Ich sehe sie an jeder verdammten Straßenecke – sie schreien die Autos an und reden mit Menschen, die nicht da sind.

Das sind meine Kumpel: die Typen, die sich Helme aus Kühlboxen und Pappkartons basteln, um die Stimmen auszusperren. Die Typen, deren Klamotten von Dreck und Öl so schwarz sind, dass es aussieht, als hätten sie Seehundsfell am Leib. Die Typen, deren Haare zu einem Nest aus Fliegen und Läusen und Ich-weiß-nicht-was verfilzt sind. Die Typen, die kein Zuhause und keine Familie und keine Freunde haben. Die Typen, die mit heruntergelassener Hose rumlaufen und dabei auf die Straße kacken.

Ich habe sie gesehen, Mann. Die Stadt ist voll von ihnen. Mein Vater hat vor ein paar Jahren einen großen Artikel im *Chronicle* darüber veröffentlicht und die Verhältnisse auf die achtziger Jahre zurückgeführt, als Ronald Reagan die Mittel für die Behandlung psychisch kranker Menschen kürzte. Sie wurden einfach auf die Straße gekickt, und da sind sie auch geblieben.

Aber heute ist das Problem laut Dr. Frankel sehr viel weiter verbreitet, es kommt andauernd vor. Es gab sogar noch einen Jungen mit Schizophrenie auf meiner Schule, der letztes Jahr in irgendeine Klinik musste. Ich habe ihn nie getroffen oder so, aber natürlich kennen alle die Story. Dan Compton, so hieß er. Und ich schätze, die Hälfte aller Leute auf meiner Schule erwartet, dass mir das Gleiche passiert.

Ich kann es ihnen nicht vorwerfen. Manchmal erwarte ich es selbst. Ich habe riesigen Schiss davor, auch wenn Dr. Frankel die ganze Zeit sagt, dass ich Glück habe – weil bei mir die Medikamente angeschlagen haben.

Und ja, um die Frage des werten Doktors zu beantworten, Zyprexa scheint ganz in Ordnung zu sein.

Das sage ich ihm.

Er gluckst.

»Sehr schön, Miles, sehr schön. Möhre?«

Ich blicke auf und sehe die Möhre, die er mir hinhält. Die Farbe ist irgendwie grell, ein giftiges Orange. Echt wahr, das ist die orangefarbenste verdammte Möhre, die ich je gesehen habe.

»Äh, nein. Ich habe keinen Hunger ... danke.«

Meine Augen wandern wieder zum Teppich und dann zum Bücherregal und dann wieder zum Teppich.

»Was ist mit den anderen Medikamenten? Ist es mit den Nebenwirkungen besser geworden?«

Ich seufze. »Ich weiß nicht.«

Er kaut laut und schmatzt. »Du weißt es nicht?«

»Also«, sage ich. »Mir wird immer noch krass schwindelig, wenn ich sie alle auf einmal nehme.«

»Vielleicht nimmst du sie dann besser nicht alle auf einmal.«

Ich lache. »Ja, ich weiß. Aber sonst ist es so schwer, daran zu denken.«

Er schlägt vor, dass ich mir einen Zeitplan mache, und ich denke, *klar, was sonst.* Ich lasse weiter meine Augen wandern, während er weiter seine Möhren kaut.

»Und außerdem habe ich doch gesagt«, füge ich hinzu, »meine Mutter meint, ihre Versicherung übernimmt sie nicht mehr, weil die Schule ihre Arbeitszeit gekürzt hat oder so.«

Seine Mundwinkel gehen nach unten. »Aber arbeitest du nicht an den Wochenenden im Supermarkt?«

Ich lache wieder. »Klar, aber da verdiene ich doch kaum was. Das ist gar nichts.«

Er schüttelt den Kopf. »Hm. Gut, ich sehe mal, was ich machen kann, okay, Miles? Das muss wirklich nicht deine Sorge sein. Deine Aufgabe ist es, gesund zu werden. Lass deine Eltern deine Eltern sein. Und dich das Kind – wenigstens noch eine Weile.«

Ich schweige einen Moment und knacke mit den Knöcheln meiner linken Hand.

»Ich weiß nicht«, sage ich. »Ich meine, manchmal weiß ich gar nicht, was das für einen Sinn hat. Also, was für ein Leben kann ich denn überhaupt erwarten? Glauben Sie etwa, ich kriege mal einen Job und heirate und habe eine Familie?«

Dr. Frankel unterbricht das Kauen, und ich höre das Knarzen des Stuhls, als er sich vorbeugt.

»Du kannst alles tun, was du willst.«

»Ja, klar!«

»Ich meine es ernst, Miles. Dein Leben fängt gerade erst an.«

Klar. Fängt gerade erst an, denke ich. *Aber es ist schon vorbei.*

Mein Gesicht verzerrt sich, und ich frage mich kurz, ob ich lieber nicht sagen sollte, was ich sagen will, aber dann sage ich es doch.

»Es ist nett, dass Sie mir Hoffnung machen wollen und so. Aber ich weiß, wie meine Chancen stehen. Und ich glaube, ich täte allen einen Gefallen damit, wenn ich einfach Schluss machen würde.«

Er schüttelt wieder den Kopf, und sein Doppelkinn

macht mit, wackelt hin und her. Plötzlich habe ich einen säuerlichen, abgestandenen Geruch in der Nase, als hätte er heute Morgen das Deo vergessen.

»Miles, hörst du dir zu? Glaubst du nicht, dass es für deine Eltern die größte Katastrophe wäre, dich zu verlieren?«

»Ja, natürlich«, erwidere ich und wende wieder den Blick ab. »Aber dann wäre es wenigstens vorbei, ein für allemal. So wie es jetzt ist, ziehe ich es nur endlos in die Länge, ohne dass sie je darüber hinwegkommen können. Verstehen Sie?«

Dr. Frankel spricht mit sanfter Stimme. »Miles, sieh mich mal an.«

Ich will nicht, aber ich bin zu höflich, um es nicht zu tun. Ich hebe den Kopf, und er beugt sich noch weiter vor.

»Was?«

»Willst du mir wirklich erzählen, dass deine Eltern *jemals* darüber hinwegkämen, wenn du dir das Leben nehmen würdest?«

Ich schließe die Augen und öffne sie wieder.

Meine Worte kommen stockend.

»Ja, Sie haben recht. Ich meine es nicht ernst. Aber Janey ... Sie braucht unsere Eltern viel mehr als ich. Sie ...«

Er unterbricht mich. »Und was ist mit dir, hm? Braucht deine Schwester dich nicht?«

Ich lache wieder, aber nicht, weil irgendwas lustig ist.

»Sie wäre ohne mich besser dran. Sie alle wären es. Außerdem, glauben Sie, dass meine Eltern mir je vergeben werden?«

Er rückt vor, so dass sein Gesicht noch näher an meinem ist.

»Was meinst du damit? Was vergeben?«

Ich spüre plötzlich ein Brennen in den Augen.

»Sie wissen schon. Das, was passiert ist.«

Dr. Frankel nickt sehr langsam, und ich höre, wie er durch seine große Nase einatmet.

»Weißt du nicht mehr, was wir besprochen haben?«

Ich will antworten, aber die Worte kommen nicht.

Meine Kehle schwillt zu.

Ich will nicht weinen.

Ich will verdammt nochmal nicht weinen.

3

Die Sonne brannte heiß und grell, und der Schweiß rann uns in die Augen.

Die Schule war aus.

Wir fuhren an den Strand – meine Mom, mein Dad, mein kleiner Bruder, meine kleine Schwester und ich.

Zum Ocean Beach.

Der Sand war übersät mit Müll und umgestürzten Bäumen und Treibholz und zerbrochenen Fischerbooten, und trotzdem war der Strand schön an diesem Tag. Der Himmel war klar und blau, beinahe durchsichtig, so dass man den kreisrunden Mond weiß am Mittagshimmel sehen konnte.

Auf beiden Seiten rahmten Felsen den Strand.

Es ging kein Wind.

Eine Gruppe Surfer paddelte nach draußen – die Wellen brachen sich in geordneten, perfekten Reihen etwa eine Meile vor der Küste.

Der Ozean spiegelte den Himmel.

Der Ozean glühte wie Feuer.

Die Leute lagen auf ihren Handtüchern und schauten aufs Meer.

Teddy war damals sieben.

Er war klein – zerbrechlich – mit roten, lockigen Haaren und übersät mit Sommersprossen.

Wir wateten ins Wasser. Es war kalt und brannte auf der Haut. Doch je mehr wir rannten, desto weniger brannte es. Also rannten wir und spielten Fangen, bis ich pinkeln musste und hoch an den Strand lief zu meinem Vater und Jane, die zwei Jahre älter ist als Teddy. Sie warfen sich auf dem heißen Sand einen Football zu – Janey mit ihren langen weißblonden Haaren und mein Vater ohne Hemd, den dicken Bauch über den Bund seiner Shorts hängend.

Als ich auf der Höhe war, wo wir unsere Handtücher ausgebreitet hatten, winkte meine Mom mich zu sich, aber ich tat, als hätte ich sie nicht gesehen und lief weiter zum Klo. Ich sprang über den Sand und die bröckelnden Betonstufen bei der Kaimauer hinauf, wo ein paar Leute herumstanden, die ich aus der Schule kannte. Sie waren älter als ich, in der Elften oder so – drei Typen und zwei Mädchen. Und sie rauchten einen Joint.

Ich hatte vorher schon ein paarmal Gras geraucht, also ging ich zu ihnen rüber, und sie fanden es cool – dass ein kleiner Neuntklässler mit ihnen kiffen wollte.

Eins der Mädchen, Angela, trug ihre langen Dreads unter so einer Rastafari-Mütze. Dann waren da noch Pierre, klein und etwas dicklich, und Heroji, dessen Vater ein berühmter Bürgerrechtler der Black Panthers war. Ich hatte sie schon einmal getroffen, beim Schulfest vor den Sommerferien; sie spielten alle in der Funk Band von Stanyan Hill, und ich hatte gehofft, bei ihnen Gitarrist werden zu können, wenn ich in die Oberstufe kam.

Heroji reichte mir den Joint. Ich zog den Rauch tief in die Lungen, hielt ihn dort eine Weile und atmete wieder aus.

In dem Moment war gar nichts dabei. Wie gesagt, ich hatte schon früher Pot geraucht, und meine Eltern konnten mich sowieso nicht sehen, weil wir gut abgeschirmt waren – der Platz, wo sie ihre Sachen hatten, lag mehrere hundert Meter den Strand runter.

Ich nahm also noch einen Zug, atmete aus, gab den Joint weiter und bedankte mich. Heroji und ich machten so eine Art Gangster-Handshake, und dann rannte ich über den Parkplatz zum Klo.

Ich pinkelte eine ganze Weile und starrte dabei an die triste Wand.

Und dann ...

Dann war es, als wäre plötzlich jemand da, neben mir, der etwas sagte, mir ins Ohr flüsterte.

Die Stimme klang wie meine, nur tiefer, erwachsener.

Es war meine erwachsene Stimme, und sie warnte mich davor, wieder nach draußen zu gehen.

»Geh nicht, Miles. Da ist es gefährlich. Sie kommen. Geh nicht!«

Ich lachte darüber.

Ich lachte und fragte mich, wie diese paar Züge mich so verdammt high gemacht haben konnten.

Ich ging zur Tür.

Ich griff nach der Klinke und versuchte, das Drehschloss zu öffnen, aber meine Hand kriegte es nicht zu fassen.

Ich drehte mich um, und alles – die Tür, die Wände, der verkratzte Spiegel, das Waschbecken, die Pissoirs – alles war wie von einer Fettschicht bedeckt – dickflüssiges Fett, wie Wachs, Vaseline –, wie zusammengelaufener Schweiß, der in der Hitze der winzigen Toilette perlte. Ich rief um Hilfe. Aber die Stimme war wieder da und befahl mir, nicht nach draußen zu gehen.

»Sie suchen dich, Miles. Du kannst da nicht rausgehen.«

Aber ich musste.

Ich musste da raus.

Ich hämmerte gegen die Tür.

Ich schrie und schrie.

»HILFE! BITTE! HELFT MIR!«

Aber niemand kam.

Nur die Stimme war da.

Und dann sah ich sie: die Krähen – schwarz, fett, grotesk, die größten, die ich je gesehen habe –, sie versuchten von allen Seiten durch die Plastikfenster und Lüftungsschlitze zu kommen. Sie krächzten und gackerten, und ich wusste, dass die Stimme recht hatte. Ich konnte hier nicht weg. Ich musste hier drin bleiben, sonst würden die Krähen ... mich zerfetzen.

Ich lag auf dem Boden und presste mir die Hände auf die Ohren. Ich schrie und schrie, während die Krähen kratzten und krächzten und kämpften, um hereinzukommen.

Ich weiß nicht, wie lange ich da zusammengekrümmt auf dem kalten grauen Steinboden lag, oder wer zuerst meine panischen Schreie hörte, aber niemand konnte die Tür öffnen, die Feuerwehr musste kommen und sie mit der Axt aufbrechen.

Natürlich hielt ich die Feuerwehrmänner für die Krähen, die mich holen wollten, also schrie ich noch lauter und versuchte wegzurennen, so dass sie mich festhalten und mir eine Beruhigungsspritze geben mussten.

Ich kam erst einen Tag später im Krankenhaus wieder zu mir.

Ich wachte auf, und der Arzt erklärte mir meine Diagnose – und setzte mich auf Tabletten.

Sie behielten mich noch volle zweiundsiebzig Stunden zur Überwachung da, bis meine Mutter und mein Vater mich endlich nach Hause holten.

Und erst dann, mehr als vier Tage später, erfuhr ich, was mit Teddy geschehen war.

Niemand hatte auf ihn aufgepasst, während ich in der Toilette um Hilfe schrie.

Niemand hatte auf ihn aufgepasst ... und niemand wusste, was passiert war.

Als die Polizei kam, fanden sie eine Zeugin, die aussagte, sie habe einen Jungen, auf den Teddys Beschreibung passte, mit einem Mann mittleren Alters in einen weißen Ford Explorer steigen sehen – der Mann sei groß, schlank und habe eine Halbglatze. Die Polizei gab sofort eine Großfahndung raus. Es wurden Plakate aufgehängt und Aufrufe im Fernsehen gesendet.

Es meldeten sich noch ein paar andere Zeugen.

Und es gab viele falsche Spuren.

Doch es gab nie einen brauchbaren Hinweis, was mit Teddy geschehen war.

Er war verschwunden.

Aber es gab natürlich auch noch eine andere schreckliche Möglichkeit.

Ich hasste mich dafür, überhaupt daran zu denken, aber die Möglichkeit bestand, dass die Zeugin unrecht hatte.

Vielleicht war der Junge, den sie gesehen hatte, gar nicht Teddy.

Schließlich hatte Teddy allein am Wasser gespielt. Der Brandungssog und die starke Strömung könnten einfach zu viel für ihn gewesen sein.

Er könnte ins Meer gezogen worden sein.

Aber ich weigere mich, das zu glauben.

Seine Leiche wurde jedenfalls nie gefunden.

Und die Polizei und die Küstenwache waren sich einig, dass sein Körper längst hätte angespült werden müssen.

Teddy muss da draußen sein.

Irgendwo.

Er wäre jetzt neun Jahre alt.

So was hat es schon öfter gegeben. Man denke nur an dieses verschwundene Mädchen, Elizabeth Smart. Sie wurde fast zehn Monate lang vermisst, bevor sie gefunden wurde.

Vielleicht ist Teddy auch entführt worden.

Irgendwie habe ich so ein Gefühl, dass er am Leben ist. Ich weiß nicht, wie ich das erklären soll. Ich *fühle* ihn einfach – als wäre er gar nicht so weit weg.

Auch wenn alle anderen die Hoffnung aufgegeben haben.

Meine Mom, mein Dad, die Polizei, die Ermittler – sie alle haben aufgehört, nach ihm zu suchen. Sie nehmen an, dass er bereits am Tag seines Verschwindens oder kurz danach gestorben ist.

Und ich? Ich kann nicht aufhören, nach ihm zu suchen, ich kann die Hoffnung nicht aufgeben.

Weil es meine Schuld war.

Es war alles ...

Alles ...

Meine Schuld.

Also welche verdammte Wahl habe ich?

4

Dr. Frankel beugt sich wieder vor und stützt die fleischigen Ellbogen auf die kurzen Beine.

»Also?«, fragt er und klatscht in die Hände. »Bist du immer noch auf diesen Tag am Strand fixiert?«

Ich atme lange und langsam aus und versuche, die Tränen zurückzuhalten.

»Ich weiß nicht«, lüge ich. »Ich glaube nicht.«

»Miles. Ich kann dir nicht helfen, wenn du nicht mit mir redest. Die Medikamente allein schaffen das nicht.«

Er runzelt die Stirn. Auf dem Tisch tickt die Uhr.

»Vielleicht sollten wir das Abilify etwas erhöhen, und das Zyprexa auch. Klingt das gut?«

»Gut?« Ich versuche, ein bisschen zu lachen, aber es gelingt nicht recht. »Nicht wirklich – aber ich mach's.«

Dr. Frankel greift wieder nach seiner Karottentüte.

»Miles, du darfst dir nicht die Schuld dafür geben, dass du diese Krankheit hast. Es ist nun mal eine Krankheit – vollkommen außerhalb deiner Kontrolle. Das verstehst du doch?«

»Ja, klar. Nein, natürlich«, sage ich.

Er lächelt. »Und es gibt dir auch sonst niemand die Schuld daran.«

Die Uhr hört auf zu ticken.
Und jetzt warte ich nur noch ab.

5

Der Bus runter nach Geary zu unserem kleinen Haus in Outer Richmond ist ein Express, so dass die Fahrt von Laurel Village, wo Dr. Frankel seine Praxis hat, relativ schnell geht.

Ich sitze auf dem harten orangefarbenen Plastiksitz. Es riecht nach abgestandenem Schweiß und der Schnapsfahne des Obdachlosen, der in einer der vorderen Reihen schläft. Er hat sich auf der ganzen Bank breitgemacht und ist total betrunken, was die Busfahrer normalerweise zur Weißglut bringt – aber der heute scheint drüber hinwegzusehen.

Der Typ trägt ungefähr fünf Jacken übereinander, und seine Turnschuhe sind bis an die Knöchel mit Klebeband geflickt. Er ist total weggeschossen, sein Mund steht weit auf.

Er könnte ein ganz normaler Betrunkener sein.

Oder ein Junkie.

Aber wahrscheinlich ist, ich meine ...

Wahrscheinlich ist ...

Einer wie er ... so einer wie ich.

Krank. Schizo. Es erscheint mir nur als eine Frage der Zeit, bevor sie mich so finden – in Lumpen, bewusstlos, den ganzen Tag im Bus, weil ich sonst nirgends hinkann.

Nur eine Frage der Zeit.

Ich starre durch das beschlagene Fenster auf den tiefhängenden Nebel und den grauen Himmel. Wir fahren am Coronet Kino vorbei und dann am Alexandria.

Meine Mom und ich – wir haben uns nicht mehr viel zu sagen, aber diese Sache haben wir noch gemeinsam.

Wir lieben Filme.

Alte Filme, neue Filme, eigentlich alle.

Für diesen kurzen Zeitraum muss ich nicht in meinem Kopf sein.

Das Problem ist nur, dass ich beim Abspann immer diese unendliche Traurigkeit fühle, weil ich weiß, dass ich in mein echtes Leben zurückmuss.

Ich frage mich, ob es meiner Mutter auch so geht.

In einer perfekten Welt könnte ich einfach im Bett bleiben und den ganzen Tag lang Filme gucken.

Aber vermutlich hätte ich in einer perfekten Welt gar nicht erst diese beschissene Krankheit.

In der Schule würden sie mich nicht so anstarren, als könnte ich sie jede Sekunde mit meinem Stift angreifen oder so – selbst jetzt noch, zwei Jahre später.

Denn der Aussetzer am Strand damals war nicht der einzige.

Einmal – einige Monate später – dachte ich, Jane wäre in den Polstern unseres Sofas gefangen. Meine Eltern kamen gerade nach Hause, als ich schreiend und weinend alle Füllungen herausriss, um sie zu finden.

Und dann, nur drei Wochen danach, war ich in der Schule, als die Krähen wiederkamen, ich rannte schreiend aus dem

Matheunterricht – und sie krallten und pickten und flatterten gegen Türen und Fenster.

Seitdem sehen mich alle mit anderen Augen. Selbst Preston und Jackie.

Ich schätze, sie haben Angst.

Angst vor mir.

Und zu Hause ist es kaum anders.

Der Bus ruckelt und kommt zischend zum Stehen. Ich und zwei alte Damen mit weißgoldenen Haaren, die sich laut auf Russisch unterhalten, steigen hinten aus.

Der Wind bläst jetzt kräftig vom Meer. Die beiden alten Frauen haken sich unter wie ein altes Ehepaar und überqueren gemeinsam die Straße.

Ich laufe den aufgesprungenen Bürgersteig entlang – die Krähen kreisen wie immer über mir.

Ob sie echt sind oder nicht – Wahn oder Wirklichkeit –, ich habe keine Ahnung.

Ich sehe sie fast immer.

Trotz der Medikamente sind sie da, in den Bäumen und auf den krummen Zweigen und über den Dächern. Sie ziehen die Köpfe ein und spähen hinter schiefen Regenrinnen hervor und hinter Telefon- und Stromleitungen und den dicken, schweren Internetkabeln, die irgendwelche Satellitenschüsseln verbinden.

Sie leben zwischen den Kabeln.

Und die Kabel sind überall.

Wie die Krähen, die hacken und spähen und zuckend die Köpfe herumwerfen, sind die Kabel lebendig. Sie wickeln und schlingen und schnüren uns ein.

Immer auf Sendung.

Immer auf Empfang.

Wie das Feuer in meinem Gehirn, das immer brennt.

Alles ist schizo – die Häuser mit ihren Kabeln, die Downloads und Newsfeeds und Pop-up-Fenster im Internet.

Und die Krähen picken im Abfall – sie reißen heraus, was von meiner, von unserer Menschlichkeit übrig ist.

Jeder auf der Welt ist mit irgendeinem kabellosen Gerät verbunden, das zu nichts gut ist, außer Werbung zu senden und Zeit zu verschwenden und uns alle hyperaktiv und manisch-depressiv und neurotisch, zwangsgestört oder was auch immer zu machen.

Ich betrachte die Häuser, die von all den Kabeln dicht umwickelt sind – die Krähen warten nur darauf, zu kommen und zu fressen, was von unseren Schrumpfgehirnen noch übrig ist.

Die Leute sehen nur noch das Flackern ihrer Fernseher oder Computerbildschirme, sie schauen den Leben anderer Menschen in Reality Shows und YouTube-Videos zu – und sind beleidigt, dass nicht sie die Reichen und Berühmten sind, mit ihren eigenen Shows. Denn irgendwie ist nichts in diesen Häusern mit all den Kabeln es wert, getan zu werden, wenn niemand zuguckt.

Und so werden unsere Gehirne langsam zu Brei.

Während die Krähen auf ihren Kabeln hocken – und abwarten, bis sie herabschießen und aufpicken können, was von uns übrig ist.

San Francisco besteht nur aus Kabeln und Krähen. Sie bedrängen mich von allen Seiten, während ich den Rest des

Heimwegs zu Fuß zurücklege. Der Wind klingt, als würde jemand schnell einen tiefen Atemzug einsaugen und dabei die Zunge im Mund herumwirbeln.

Ich ziehe mir die Kapuze meines Pullovers über den Kopf und versuche die Schallplatte zu schützen, die ich heute in der Pause bei Amoeba gekauft habe. Es ist eine alte Gospelplatte, von der mir mein Vater erzählt hat, und ich freue mich darauf, sie zu hören.

Meine Mom und ich haben Filme. Mein Dad und ich haben alte Musik.

Wir beide lieben Vinylplatten – Jazz und Blues, Gospel, Swing und frühen Rock 'n' Roll.

Ich schütze die Platte vor dem hämmernden Wind.

Und laufe schnell die Straße hinunter.

Der Himmel ist fast dunkel.

Und die Kälte schneidet ins Fleisch.

6

Seit zehn Jahren wohnen wir in dem kleinen Haus in Outer Richmond, gleich gegenüber vom Taiwanesischen Supermarkt, wo es alle möglichen billigen Elektrogeräte gibt und nach exotischen Kräutern und Gewürzen riecht. Alte Frauen mit weißen Tüchern auf den gebeugten Köpfen gehen herum, schieben Einkaufswagen vor sich her und bücken sich hier und da. Sie tragen lange geflickte Strickjacken und schwarze oder rote Clogs, die auf dem Bürgersteig klappern und laut in den Straßen hallen. Die Männer rauchen und rufen sich kurze Sätze zu, während sie Karten und Mah-Jongg auf Klapptischen unter der Markise des Geschäfts spielen.

Neben dem Markt ist eine Bäckerei, die alle möglichen Gebäckstücke mit geheimnisvollen süßen und herzhaften Füllungen herstellt; mein Vater geht gerne vor der Schule mit uns dorthin. Und dann gibt es den Fleischer mit seinen Würsten und Innereien und geräucherten Schweinsköpfen und den gepökelten Enten und Hühnern, die im Schaufenster hängen. Auf der anderen Seite sind ein kleiner Lebensmitteladen und ein Waschsalon und an der Ecke ein vietnamesisches Restaurant, in dem die Männer am Tresen sitzen und dampfende Nudeln aus Schüsseln essen und

Bier aus großen Gläsern trinken. Teddy liebte vietnamesisches Essen. Er mochte alle scharfen Speisen, die rote Chilipaste und die eingelegten Chilis aß er direkt aus dem Schälchen, total verrückt, mir wird davon schlecht.

Unsere Nachbarn direkt nebenan, die Paganoffs, sind ein älteres russisches Paar, beide sind klein und gedrungen und bekommen langsam eine Glatze. Die Frau trägt blonde Perücken und hellen Puder und der Mann Hosenträger und enge Unterhemden, die sich am Saum nach oben rollen und seinen runden Bauch freilegen. Er sitzt in einem riesigen Polstersessel auf der Veranda, raucht schwarze, stinkende Zigarren und schaut durchs Fenster auf seinen Fernseher, dessen Lautstärke voll aufgedreht ist. Er unterhält sich oft mit mir, wenn ich vor der Tür eine rauche, obwohl sein Englisch furchtbar ist und ich ihn nur schwer verstehe.

Mein Vater kauft mir Zigaretten, weil er findet, nach allem, was ich durchgemacht habe, sollte ich wenigstens rauchen dürfen, wenn ich will – vor allem, seit ich nicht mehr kiffen kann oder trinken oder sonst was wegen der ganzen Medikamente. In zwei Jahren kann ich mir ohnehin selbst meine Kippen kaufen. Und mein Vater raucht auch, er weiß also, wie das ist.

Hinter unserem Haus ist ein kleiner Garten voll festgetretenem Dreck und Brombeergestrüpp, Brennnesseln und Artischocken. Der Zaun ist verwittert. Meine Mutter hat früher stundenlang im Garten gearbeitet, aber seit jenem Tag am Strand lässt sie ihn verwildern.

Das Grundstück dahinter steht leer, und als ich klein

war, baute ich mir dort auf einer Lichtung im Brombeergestrüpp eine Festung aus Latten und Lebensmittelpaletten. Darin lagerte ich jede Menge Schlafsäcke und Decken und Milchpackungen und Taschenlampen. Ich hatte nur einmal den Mut, da draußen zu schlafen, zusammen mit Eliza Lindberg, mit der ich in der siebten und achten Klasse eng befreundet war. Um ehrlich zu sein, ich war total verknallt in sie. Ist ja auch kein Geheimnis. Wir verbrachten jedes Wochenende zusammen, und ihre Eltern nahmen mich mit in den Urlaub nach Tahoe und einmal sogar nach Hawaii.

Ich verliebte mich bei unserer ersten Verabredung in sie. Wir gingen nach der Schule ins Kino, Eliza kaufte M&Ms und kippte sie in ihr Popcorn, und dann aßen wir die M&Ms-Popcorn-Mischung, die Schokolade schmolz, und unsere Hände berührten sich im Dunkeln.

Sie liebte Filme und Musik, so wie ich, und wir telefonierten stundenlang und redeten über unsere Familien und alles Mögliche. Ich glaube, wir konnten uns Dinge sagen, die wir sonst niemandem sagen konnten. Sie vertraute mir all ihre Geheimnisse an, und ich ihr meine größtenteils auch. Sie erzählte mir von ihrem Vater, einem berühmten Spitzenkoch, der die ganze Zeit unterwegs war, und von ihrer Mutter, die zu viel trank. Ich erzählte ihr von den verrückten Stimmungsschwankungen meiner Mom und dass ich mich so anders fühlte als die anderen Jungs in meinem Alter – Preston eingeschlossen –, als wäre ich ein Alien, das versehentlich über der Erde abgeworfen worden war. Es ist nicht so, dass ich mit den anderen Leuten aus meiner Klasse nicht befreundet gewesen wäre; das war ich. Aber das Gefühl, anders zu sein, verließ mich nie, als könnte ich nie jemandem zeigen, wer ich wirklich war.

Bis ich Eliza traf.

Denn auch sie war ein Alien, das über der Erde abgeworfen worden war und stammte vom gleichen Planeten wie ich, welcher auch immer das sein mochte.

Sie war wie ich.

Wir hörten zusammen Musik und schauten Filme und übernachteten in der Festung und redeten über die Schule und unsere Träume und einfach über alles.

Wir konnten uns aufeinander verlassen.

Zumindest nachmittags nach der Schule. In der Schule beachtete sie mich nicht oder machte sich sogar über mich lustig. Vielleicht war es ihr peinlich, dass sie mir so viel über sich erzählt hatte. Ich bekam es nie wirklich heraus. Ich musste mich mit der Gewissheit begnügen, dass sie mich verstand und ich sie, wenn wir allein waren.

Die ganze siebte und achte Klasse lang war sie meine beste Freundin.

Aber dann habe ich alles verdorben.

Ich meine, alles.

Und ich muss immer noch an sie denken – fast jeden Tag.

Während ich die weißen Holzstufen zu unserem Haus hochgehe, überlege ich, ob ich die Festung abreißen soll. Aber ich weiß, das bringt nichts. Ich würde trotzdem weiter an sie denken, ob die Festung nun da ist oder nicht.

Über den niedrigen Lattenzaun sehe ich Mr Paganoff,

den Russen, in seinem Sessel, gegen die Kälte in einen dicken Mantel gehüllt. Ich hebe die Hand, und er grinst breit.

»Miles!«, verkündet er stolz, als falle es ihm nicht leicht, sich an meinen Namen zu erinnern.

Die Geschäfte gegenüber haben schon alle geschlossen, und es sind keine Autos mehr unterwegs. Während ich die Tür aufschließe, höre ich nur das Dröhnen von Mr Paganoffs Fernseher.

Als ich reinkomme, brennt ein Feuer im Kamin, und es läuft eine der alten Jazz-Platten meines Vaters.

Ich lege meine Sachen neben der Tür ab, und Jane kommt mir entgegen.

Ihre Haare sind jetzt dunkler, wie meine, und sie trägt sie lang und ungekämmt, so wie ich. Von allen Mitgliedern meiner Familie sehen Jane und ich uns am ähnlichsten, würde ich sagen. Aber zu ihrem Glück ist sie viel hübscher als ich.

»MILES!!!«, ruft sie.

Ich bücke mich und gebe ihr einen Kuss auf den Kopf. »Was geht ab, kleiner Frosch?«

Sie lacht. »Wir backen Brownies.«

Ich bemerke die verschmierte Schokolade in ihrem Gesicht. »Das sehe ich. Darf ich mitmachen?«

Sie lächelt und nickt. »Na klar.«

»Hey, fast hätte ich es vergessen«, sage ich. »Ich habe eine neue Platte bei Amoeba gekauft. Willst du sie hören?«

Sie nickt wieder. »Was für eine?«

Ich halte die Platte hoch. »Von einem Typen, von dem

Dad mir erzählt hat. So ein Gospel-Blues-Sänger aus den frühen Zwanzigern. Der hatte ein echt abgefahrenes Instrument, eine Phonoharfe, glaube ich.«

Sie zieht die Nase kraus. »Eine Phonoharfe?«

»Steht auf der Rückseite.«

Sie nimmt meine Hände. »Weißt du was, du bist echt ein komischer Typ.«

Als ich nicht gleich antworte, fügt sie hinzu: »In einem guten Sinne, meine ich.«

»Na, danke. Und du bist ...« Ich stocke. »Total normal.«

Sie lacht wieder.

Weil unser Haus so klein ist, befindet sich so ziemlich alles im Wohnzimmer, dem Raum, in dem auch der Kamin ist. Die Couch ist relativ neu, ein billiges Teil von Ikea, das mein Vater und ich zusammengebaut haben, nachdem ich die letzte massakriert hatte. Dann gibt es noch einen großen Sessel mit ausklappbarer Fußstütze. Der Boden besteht aus unregelmäßigen Holzdielen, wie auf einem Schiff, und die Wände sind in einem etwas trübsinnigen Gelb gestrichen. Über die Decke zieht sich ein Riss von der Haustür einmal quer durch den Raum, durch den bei Regen Wasser dringt. Ein Kumpel meines Vaters hat sich vor ein paar Jahren mit Dichtungsmörtel daran versucht, aber aus irgendeinem Grund hat es nicht geklappt. Jeden Winter wird der Riss etwas tiefer. Von der Mitte her breitet sich ein rostroter Fleck aus, wie Blut. Sogar jetzt bildet sich Kondenswasser vom aufziehenden Nebel.

Doch das gehört zu den Dingen, über die wir nicht sprechen. Meine Mutter regt sich auf, wenn sie den Riss sieht oder an ihn denkt, und dann hackt sie auf meinem Vater herum, weil er ihn nicht repariert, und er steckt ihre Vorwürfe ein, bis er irgendwann bissig wird, und dann haben sie einen Riesenstreit.

Wenn das passiert, ist es mein Job, mit Jane in mein Zimmer zu gehen und ihr vorzulesen – meistens lese ich etwas aus den Erzählbänden, die wir immer geliebt haben, *Nathaniel und Isabel.* Ich glaube, die Bücher kommen eigentlich aus Frankreich und sind ins Englische übersetzt worden, es geht um zwei Kinder, die aus einem Waisenhaus abgehauen sind, vor einer fiesen Lehrerin, die hinter ihnen her ist. Die Geschichten ähneln sich alle, die beiden Waisenkinder entkommen immer in letzter Sekunde. Aber als ich klein war, war ich verrückt nach diesen Büchern. Wenn ich nachts Angst hatte, stand ich auf und las darin, bis ich wieder einschlafen konnte.

Früher habe ich sie auch Teddy vorgelesen – und jetzt lese ich sie immer noch Jane vor, wenn unsere Eltern sich streiten.

Was, ehrlich gesagt, nicht oft der Fall ist. Es ist nur der Riss in der Decke, der meine Mutter zur Weißglut bringt. Wir leben also darunter, ohne nach oben zu gucken.

Seit Teddy verschwunden ist, essen wir meistens mit dem Teller auf dem Schoß zu Abend und schauen fern, aber heute hat mein Vater aus irgendeinem Grund beschlossen, was Gutes zu kochen – Schweinebraten und Rosenkohl (den ich echt liebe, auch wenn's komisch klingt) –, und deshalb will er, dass wir alle zusammen am Tisch essen.

Ich gehe zum Plattenspieler und lege die neue Platte auf.

Die ganzen schönen Dinge, die wir haben, sind von früher, als mein Vater noch seinen Job beim *Chronicle* hatte. Der Plattenspieler, die Lautsprecher, der Fernseher, die Playstation, der DVD-Player, unsere Handys, der Computer, die Bilder und Fotos. Es ist, als wäre das ganze Haus unter einer Art Zeitschlick erstarrt.

Als lebten wir noch im Jahr 2010.

Die Platte knackt laut, während sie ihren Rhythmus findet und ein Mann zu sprechen beginnt.

»*What are they doing in heaven today? I don't know, boy, but it's my business to stay here and sing about it ...*«

Und dann singt er, und seine Stimme ist klar und schmerzerfüllt und wunderschön. Nur seine Stimme und dieses seltsame Instrument, das wie ein Kinderspielzeug klingt.

»Das ist super«, sagt Janey.

Wir füllen den Brownieteig in die Form und lecken abwechselnd den langen Löffel ab.

»Was ist das für eine schrecklich deprimierende Musik?« Meine Mutter kommt in ihrem flauschigen Bademantel über der gestreiften Schlafanzughose aus dem Schlafzimmer. »Ist das deine Platte, Miles? Mach das sofort aus.«

Jane blickt stolz auf. »Das ist eine Phonoharfe.«

Meine Mutter ist nicht überzeugt.

»Ich meine es ernst, Miles. Mach es aus. Das ist zu deprimierend.«

»Okay, okay«, sage ich, gehe zum Plattenspieler und stelle ihn aus.

Sie steht einen Moment lang einfach nur da und atmet.

»Tut mir leid«, sagt sie schließlich. »Ich wollte dich nicht so ankeifen. Ich war nur ...« Sie verstummt.

»Schon in Ordnung«, sage ich. »Ich verstehe.«

Sie geht in die Küche, um Dads Schweinebraten aus dem Ofen zu holen und die Form mit dem Brownieteig hineinzuschieben. Sie stellt den Braten auf den Herd und dreht sich zu mir um. Ihre Haare sind nach Teddys Verschwinden fast völlig weiß geworden. Sie war schon immer dünn, aber jetzt sieht sie fast krank aus. Ihre Hände sind fleckig und wirken arthritisch. Um ihre Augen und Mundwinkel ziehen sich Linien und Falten. Ich sage das nicht aus Grausamkeit. Ich weiß, dass es meine Schuld ist. Ich habe sie so werden lassen.

»Und, Miles«, sagt sie etwas abrupt, »war alles in Ordnung heute? Ich habe dich in der Mittagspause gar nicht gesehen.«

Meine Mutter arbeitet in der Bibliothek meiner Schule, und seit ich krank bin, soll ich wenigstens einmal am Tag bei ihr vorbeischauen, damit sie sich keine Sorgen macht. Erst jetzt fällt mir auf, dass ich es heute völlig vergessen habe.

»Also, ich ... ich ...«

»Er hat die Platte gekauft«, sagt Jane.

Ich schaue lächelnd zu ihr runter. »Stimmt, ich habe die Platte gekauft.«

Meine Mutter schüttelt den Kopf. »Du weißt doch, dass du dein Geld nur für deine Handyrechnung verwenden sollst ... und uns mit den Kosten für die Medikamente helfen, jetzt, wo die Versicherung sie nicht mehr übernimmt.«

»Das mache ich doch«, entgegne ich. Auf beiden Seiten meiner Stirn baut sich ein Druck auf, als würden sich die Adern an den Schläfen mit Blut füllen und auf mein Gehirn drücken. »Dad hat gesagt, ich soll die Platte kaufen.«

»Tja, das hätte er nicht tun sollen«, sagt sie. »Ich werde nachher mit deinem Vater darüber sprechen.«

Ich kneife die Augen zusammen und sehe ein grelles Licht in der Dunkelheit. Meine Zähne pressen sich aufeinander. Ich bekomme von den Medikamenten immer schreckliche Kopfschmerzen, aber heute fühlt es sich noch schlimmer an als sonst.

Dann höre ich meinen Vater aus dem Schlafzimmer rufen:

»Worüber sprechen?«

Ich öffne die Augen und sehe ihn in Schlafanzughose und einem San-Francisco-Giants-Shirt, das zu klein für seinen großen Bauch ist, ins Wohnzimmer kommen.

Er schaut zu mir. »Miles. Was gibt's Neues, Kumpel?«

Er kommt rüber und verstrubbelt mir die Haare; er riecht nach Seife und Weichspüler. Sein gewaltiger Körper ragt über mir auf, er wiegt ja auch gute dreißig Kilo mehr als ich. Außerdem ist er etwa 1,90 groß, er schlägt mich also um mindestens zehn Zentimeter. Aber irgendwie hat es etwas Beruhigendes, dass er so groß ist, und ich mich in seiner Gegenwart so klein fühle.

»Hallo, Dad«, sage ich.

Meine Mutter fordert ihn auf, sich zu setzen. »Komm, Sam, das Essen ist fertig.«

Mein Dad heißt Sam. Meine Mutter heißt Audrey. Sam und Audrey Cole. Ich glaube, sie waren früher mal glücklich.

Mein Dad geht zu ihr und legt den Arm um sie, aber sie macht sich los und schaut ihm ins Gesicht.

»Hast du wirklich zu Miles gesagt, er könne sich heute eine Platte kaufen?«

Mein Vater zieht eine Grimasse in unsere Richtung, beißt die Zähne zusammen und lässt den Kopf nach vorn sinken, so dass es aussieht, als hätte er fünf Kinne. Dann dreht er sich zu Mom, küsst sie auf die Wange, legt ihr die Arme um die Taille und ruft: »Schuldig!«

Sie lächelt nicht. »Wir haben doch darüber gesprochen.«

»Ach, Schatz, komm schon. Er arbeitet hart für sein Geld. Außerdem waren das vermutlich nur ...« Er wirft mir einen Blick zu. »Miles, was hat die Platte gekostet?«

»Vier Dollar«, sage ich leise.

»Siehst du? Nur vier Dollar.«

Sie kneift die Augen zusammen und sieht ihn skeptisch an.

Ich gehe zum Plattenspieler, nehme die Hülle vom Boden auf und zeige sie meiner Mutter.

»Vier Dollar«, sage ich.

Ihr Mund verzieht sich gegen ihren Willen zu einem Lächeln.

»Ich hole die Teller«, sagt Dad und gibt ihr einen schnellen Kuss auf die Stirn. »Setz dich ruhig hin. Willst du etwas trinken?«

»Ein Bier.«

Sie kommt an den Tisch und setzt sich neben Jane.

»Was ist mit euch?«, fragt er. »Wollt ihr eine Limo?«

Jane lächelt. »Ja, bitte.«

Trotz des Hämmerns in meinem Kopf gehe ich zum Kühlschrank und hole die Getränke. Ich öffne das Bier an der Kante der Arbeitsplatte, indem ich mit der Handfläche fest auf die Flasche schlage.

»Miles, mach das bitte nicht«, sagt meine Mutter.

Ich sehe sie an. Die Haut um ihren Mund ist ganz faltig und welk – und ihre Augen liegen tief in den Falten. Sie ist alt und bitter geworden. Wie sie früher war, und wie sie jetzt ist ...

Der Gedanke daran ist zu schrecklich.

Wie kann ich je wiedergutmachen, was ich ihr angetan habe?

Wie kann ich wiedergutmachen, was ich Jane und meinem Vater angetan habe?

Wie kann ich wiedergutmachen, was ich Teddy angetan habe?

Wenn er lebt ...

Aber ich *weiß*, dass er lebt.

Ich fühle es.

Ich fühle ihn.

Mom, Dad, die Polizei, die Presse – sie mögen ihn aufgegeben haben, aber ich werde das nie tun.

Meine Adern scheinen anzuschwellen und drücken auf mein Gehirn. Der Schmerz schneidet ein.

»Es tut mir leid«, sage ich.

Aber das ist nicht genug. Es kann niemals genug sein.
Ich muss mehr tun.
Ich muss alles wiedergutmachen.
Aber wie?

7

Die Schule in Stanyan Hill ist klein, insgesamt vielleicht tausend Schüler, und befindet sich in einer umgebauten alten Kirche auf dem Grundstück des ehemaligen Kirchhofs. Ein hoher schmiedeeiserner Zaun umgibt das Schulgelände, einen Obstgarten mit Holzäpfeln und Kirschen und ein Fußballfeld mit Kunstrasen, das die Vorschule und die unteren Stufen bis zur achten Klasse von der Oberstufe trennt.

Das Dach des Hauptgebäudes ist vor zwei Jahren in einem Sturm zusammengekracht, und dann wurde das Ganze weiß verputzt wie diese Häuser im spanischen Stil. Sie haben rote Rosen und rosa Bougainvillea gepflanzt und einen Gemüsegarten mit allen möglichen Arten Salat und Mohrrüben und Radieschen angelegt, die in der Cafeteria an der Salatbar serviert werden.

Es gibt einen Vorführraum und ein Theater und ein Hallenschwimmbad und ein Kunststudio und ein Chemielabor und eine Sporthalle mit einem Fitnessraum und Tennisplätzen. Aber es gibt keinen Footballplatz, und die Schule hat kein Footballteam.

Kein Footballteam, kein Basketballteam und auch kein Baseballteam.

Es ist nicht so, dass ich ein großer Sportfan wäre. Trotzdem fühlt es sich irgendwie unvollständig an, auf eine Highschool zu gehen, die diese typisch amerikanischen Sportarten nicht anbietet. So, als gäbe es keinen Abschlussball. Ich meine, ich gehe sowieso auf keinen Fall hin, aber wenigstens kann ich das selbst entscheiden. Wenn es keinen Ball gäbe, könnte ich mich auch nicht dagegen entscheiden. Und wo wäre dann der Spaß?

Wenn man in der liberalsten Stadt des Landes aufwächst, gibt es nicht gerade viele Möglichkeiten, sich gegen irgendwas aufzulehnen. Du musst echt kreativ sein, wenn irgendwer deine verdammten Teenagerprobleme bemerken soll.

Wenn ich daran denke, wie mein Dad in Georgia in den Siebzigern aufgewachsen ist und gegen wie viele Dinge er rebellieren konnte, muss ich schon sagen, ich bin ganz schön neidisch.

Vielleicht ist die Schizophrenie ja mein Mittelfinger gegen den Zustand der Welt.

Aber ich schätze, heute ist es der größte Mittelfinger, einfach normal und angepasst zu sein.

Also werde ich das mal versuchen, wenn ich kann.

Montagmorgen im Bus trommelt der Regen gleichmäßig gegen die Fensterscheiben, während wir am Golden Gate Park abwärts Richtung Fulton rumpeln. Ich sehe die Straßenkinder in ihren knallbunten Schlafsäcken und Planen auf dem Gras schlafen.

Oft nehmen meine Mutter und Jane, die noch in die Unterstufe geht, den gleichen Bus, aber heute müssen sie erst später los, deshalb bin ich allein und höre ein altes Marc-Bolan-Album auf dem iPod.

Der Bus hält an der Ecke, und ich steige aus und gehe schnell den Häuserblock entlang. Ich habe die Kapuze tief in die Stirn gezogen und lasse die Kopfhörer drin, während ich dem Wachmann meinen Ausweis zeige und die Holzstufen runter in den Keller laufe, wo die Schließfächer sind. Der Geruch nach Schweiß und feuchten Kleidern füllt den Raum, und irgendwer hat eine Flasche Gatorade unter meinem Fach umgekippt, so dass meine Turnschuhe auf dem Boden quietschen.

Körper bewegen sich in alle Richtungen, während ich meine Bücher in mein Fach packe.

In der ersten Stunde habe ich Bio, deshalb behalte ich das Biobuch, meinen Taschenrechner und einen Block bei mir, aber das ist schon alles. Die Musik spielt laut in meinen Ohren, und ich schließe mein Fach und drehe das Zahlenschloss, als etwas gegen mich schlägt und ich mich überrascht umdrehe.

Es ist Ordell Thornton, einer der wenigen Typen in dieser Schule, die keine Angst vor mir haben.

Er sagt etwas, das ich wegen der Musik nicht hören kann. Ich sehe, wie sein Kiefer und sein gekerbtes Kinn sich unter dem stoppeligen Dreitagebart weiter bewegen und nehme die Kopfhörer raus.

»Was?«

Er schiebt sich die langen Dreads hinter die winzigen Ohren, die ihm in einem nahezu perfekten 90-Grad-Winkel vom Kopf abstehen.

»Alter, ich habe dich am Wochenende bestimmt fünfmal angerufen. Gehst du mir aus dem Weg, oder was?«

Ich weiche einen Schritt zurück. »Äh, nein. Gar nicht.«

Er grinst breit. »War doch nur Spaß. Aber ehrlich, wo hast du gesteckt?«

Ich schüttele den Kopf. »Nirgends. Ich meine, zu Hause. Ich war krank.«

So nett Ordell auch zu mir ist, sein affiges Surfer-Getue ist extrem nervig. Meistens lüge ich und lasse mir Ausreden einfallen, um nicht mit ihm abhängen zu müssen.

»Du bist immer krank«, sagt er.

Er bleibt neben mir stehen, ich nehme meine Tasche vom Boden, und wir gehen zusammen hoch zu unserer ersten Stunde. Mit Ordell gehe ich wie mit Preston seit der siebten Klasse zur Schule.

»Mann«, sagt er, während er neben mir die Treppe hochkeucht, »Candace hat Samstag 'ne Party geschmissen. Echt krass. Ians Bruder hat ein Fass mitgebracht, und kennst du Candaces' Freund, den von der Berkeley High? Sein Vater baut Gras für irgendwelche Pharmatypen an, und da lagen überall Joints aus diesem Wahnsinnszeug auf den Tischen rum wie Lollis auf 'nem Kindergeburtstag.«

Er schwafelt weiter von der Party, und ich halte den Kopf gesenkt und betrachte den Teppich mit den vielen verschiedenfarbigen Flecken und getrockneten Kaugummis und festgetretenem Irgendwas. Ich bemerke eine ans Geländer geklemmte Einladung zum Winterempfang und frage Ordell, ob er mit einem Mädchen hingeht, eigentlich nur, um überhaupt irgendwas zu sagen.

Er schaut zu Boden und spricht leise, als wolle er nicht, dass ihn jemand hört.

»Ja, Alter, also ... eigentlich ... hab ich dran gedacht, Helena zu fragen.«

»Helena, gute Idee«, sage ich, und das stimmt, wenn man bedenkt, dass sie etwa so hohl ist wie er.

Er lächelt. »Was ist mit dir? Gehst du mit jemandem hin?«

Ich lache, weil die Frage einfach nur lächerlich ist.

»Nein«, sage ich.

Ich nehme die nächste Stufe.

Dann bleibe ich stehen.

Und in dem Moment sehe ich sie.

Ich verfehle die oberste Stufe und falle hart aufs Knie.

Zum Glück scheint sie mich nicht bemerkt zu haben.

Ordell lacht aus vollem Hals. »Alter? Was zum Teufel?«

Ich schwitze jetzt, die Hitze flutet durch meinen Körper, und ich ziehe die Jacke aus. Ich stemme mich hoch und sage: »Hey, hast du das gesehen?«

Ordell lacht noch stärker: »Klar, Alter.«

»Nein, Mann, doch nicht mich.«

Ist das wieder mal eine Halluzination? Eine Erscheinung, die irgendwelche gestörten Synapsen in meinem Gehirn hervorgebracht haben?

Aber ... sie wirkte so echt.

»War das gerade Eliza?«

Ordell zieht die Brauen zusammen. »Was?«

Ich schlucke. »War das Eliza Lindberg?«

Ordell nickt. »Ja. Wusstest du nicht, dass sie wieder da ist?«

»N-nein ... wusste ich nicht.«

Ordell lacht wieder und drückt meine Schulter. »Oh, ja, ich erinnere mich. Du warst ganz schön verknallt in sie, was?«

»Nein«, sage ich. »Nein, ich bin nur ... Ich bin überrascht.«

»Ja, du weißt doch, ihr Dad hat so ein berühmtes Restaurant eröffnet.«

»In New Orleans.«

»Siehst du, du wusstest es.«

Ich nehme meinen Rucksack. »Ja. Ich wusste nur nicht, dass sie wieder zurück sind.«

»Tja, sind sie.« Er lacht wieder. »Ich muss los, Mann. Aber im Ernst, ruf mich an, okay?«

Er boxt mir gegen die Brust, so dass ich einen Schritt zurückweiche und fast wieder die Treppe runterfalle.

»Ja, auf jeden Fall.«

Er zieht ab, und ich laufe den Flur entlang, vorbei an Kohle- und Bleistiftzeichnungen irgendwelcher Stillleben, die die Neuntklässler gemacht haben.

Körper wandern in beide Richtungen an mir vorbei, die Neonlichter flackern, und alles um mich herum ist so unscharf wie die Bilder an den Wänden.

»Oh Gott«, sage ich laut.

Eliza Lindberg.

Vermutlich wusste sie, dass sie irgendwann zurückkommen würde. Schließlich ist sie hier zu Hause. Und ein Restaurant in New Orleans zu eröffnen dauert nicht ewig.

Zwei Jahre.

Ich habe seit jenem letzten Tag nicht mehr mit ihr gesprochen – dem Tag, an dem ich alles kaputtgemacht habe, als ich sie bat, meine Freundin zu werden.

Wie gesagt, das war am Ende der achten Klasse, und ich hatte vermutlich nur Schiss, dass sie mich in der Highschool sitzenlassen würde oder so. Nach der Schule fragte ich sie hinter der Turnhalle, ob sie »mit mir gehen« wolle. Sie fing an zu heulen und schrie mich an, dass ich alles »kaputtgemacht« hätte, was auch stimmte, obwohl ich es zu dem Zeitpunkt noch nicht wusste.

Kurz danach erzählte mir Preston, dass sie mit ihrer Familie nach New Orleans ziehen würde, wo ihr Vater wieder mal ein neues Restaurant eröffnete.

Mir wurde schlecht bei dem Gedanken, sie nie wiederzusehen.

Doch dann, nur einen Monat später, hatte ich meinen ersten Aussetzer am Strand. Da war ich dankbar, dass Eliza mich so nicht zu Gesicht bekam – wahnsinnig, durchgedreht, an eine Krankenbahre gefesselt. Sie würde nie erfahren, was mit mir passiert war. Sie würde nie erfahren, was ich Teddy angetan hatte. Das war das einzig Gute an diesem ganzen verdammten Desaster.

Aber jetzt frage ich mich …

Weiß sie es?

Die Frage wiederholt sich immer wieder in meinem Kopf, wie bei einer alten Platte, die einen Sprung hat.

Weiß sie es?

Weiß sie es?

Mein größter Wunsch war, dass sie es nie herausfindet.

Ich laufe an den Neuntklässlern vorbei, die im Gang miteinander tuscheln, und gehe in den Klassenraum. Unser Biolehrer, Mr Heinz, ist klein und hat kantige Gesichtszüge – er sieht irgendwie deutsch aus. Er hat blonde Haare, einen Seitenscheitel und er ist sehr gebräunt. Er spielt eine Klassik-CD auf einem alten, mit weißen Farbklecksen gesprenkelten tragbaren CD-Player. Bachs Klavierkonzerte. *Das wohltemperierte Klavier*, Buch 1 oder 2. Mein Vater hat das gleiche Konzert auf Vinyl zu Hause. Die Musik ist einfach und klar und melodisch.

»Setz dich, Miles«, sagt Mr Heinz leise. »Wir lösen diese Kombinationsquadrate. Bitte stör die anderen nicht.« Er zeigt zur Tafel, auf der ein kompliziertes genetisches Problem dargestellt ist.

Ich nicke und flüstere zurück: »Okay.«

Mr Heinz beginnt seinen Unterricht immer überpünktlich, und auch wenn ich gerade mal eine Minute zu spät bin, tut er so, als hätte ich die Hälfte der Stunde verpasst.

Ich setze mich neben ein Mädchen, mit dem ich mich gut verstehe, Alexis. Sie hat schwarze Haare, einen Pony und knallroten Lippenstift.

»Hey, Miles«, sagt sie leise.

»Hey.«

Mein Körper landet schwer auf dem Holzstuhl. Irgendjemand hat die Worte *Roberta bläst* in unseren Tisch geritzt. Keine Ahnung, wer Roberta ist.

Ich gebe Alexis einen Stups und zeige auf die Tischplatte.

»Und, stimmt's?«, fragt sie grinsend.

»Wusstest du, dass Eliza Lindberg wieder da ist?«, frage

ich zurück. Alexis war in der Siebten und Achten auch in unserer Klasse.

»Eliza?« Sie zieht die Augenbrauen zusammen. »Nein. Echt?«

Da ruft Mr Heinz: »Löst das Problem bitte leise!«

Also senke ich den Blick. Und versuche, seiner Anweisung nachzukommen.

Aber ich zittere jetzt, so sehr, dass meine Schrift ganz krakelig wird, kaum lesbar.

Meine Gedanken drehen sich im Kreis – manisch, panisch, voller Erinnerungen.

Ich fühle mich, als müsste ich gleich kotzen.

Mein Magen zieht sich zusammen.

Und plötzlich sind mein Rücken und meine Stirn schweißüberströmt.

»Hey, ist dir nicht gut?«, flüstert Alexis.

Ich stehe auf.

»Ja, äh ... nein ...«

Ich verlasse schnell den Raum, ohne auf Mr Heinz zu achten, der mir etwas hinterherruft.

Auf der Toilette schließe ich mich in einer Kabine ein und warte darauf, mich zu übergeben.

Das sind nur die Medikamente, rede ich mir zu, *die fressen sich durch deinen Magen.*

Es kann unmöglich etwas mit Elizas Rückkehr zu tun haben.

Ich denke an Mr Heinz und die Kombinationsquadrate – dominante und rezessive Faktoren. Ich habe keine Ahnung, wo diese verdammte Geisteskrankheit herkommt. Niemand in meiner Familie ist verrückt. Ich bin das schlechte Glied in der Kette – der Fehler. Ich bin offensichtlich nicht stark genug, um zu überleben. Wäre ich draußen in der Wildnis, hätte man mich schon längst dem Tod überlassen.

Ich rolle mich so klein wie möglich auf dem Boden zusammen und warte, dass die Übelkeit vorbeigeht.

8

Die Bibliothek in Stanyan Hill ist ziemlich unspektakulär für eine Privatschule.

Sie hat etwa die Größe von zwei Klassenräumen, und die Regale sind mit dicken Lexika gefüllt, die nie jemand ansieht, und einer Menge Taschenbüchern für Jugendliche, wie der *Twilight*-Serie. Außerdem gibt es ein paar Klassiker und einige großformatige Bände mit Lyrik und Kurzgeschichten. Und dann gibt es ein wandbreites Regal mit verschiedenen Zeitschriften.

Meine Mutter hat sich jahrelang dafür eingesetzt, dass die Bibliothek vergrößert oder zumindest ihr Bestand erweitert wird – ohne Erfolg. Wie ich das sehe, ist die Bibliothek nur eine Nebensache. Die Schule hat eine Menge Geld für einen schicken Computerraum ausgegeben und ihn mit nagelneuen Macs vollgestellt, so dass kaum noch jemand die Bibliothek nutzt. Es erstaunt mich, dass meine Mutter überhaupt noch ihren Job hier hat. Die Bibliothek ist immer so gut wie leer, wenn ich da bin.

Und heute Mittag ist es nicht anders.

Die Tür steht auf, und meine Mutter sitzt auf einem Stuhl hinter ihrem Tisch und liest. An einem runden Tisch am Fenster blättern zwei Neuntklässler zusammen in einem

Comic. Sie sind klein und sehen noch ganz jung aus, mit teigiger, blasser Haut. Sie haben adrette Pullover und weite Jeans und weiße Opa-Turnschuhe an. Es sind Streber. Sie tragen die Haare gescheitelt. Und hängen in der Mittagspause in der Bibliothek ab.

Tja, so wie ich.

»Hallo, Mom«, sage ich, und sie schreckt von ihrem Buch auf.

»Psst«, sagt sie und hebt den Finger. Sie trägt einen dicken Wollpulli, einen gestrickten Schal und ihre Bibliothekarinnen-Brille. Ihre Haare reichen ihr ein paar Zentimeter über die Schultern.

Ich gucke zu den beiden Strebern rüber und ziehe die Augenbrauen hoch, wie um zu fragen: *Echt jetzt, für die Typen soll ich die Klappe halten?*

Sie folgt meinem Blick, dann lächelt sie und gibt mir ein Zeichen, mit nach hinten ins Büro zu kommen. Ich folge ihr über den dicken Teppich, der wie die ganze Schule immer noch neu riecht.

Ihr Büro ist klein, etwa so groß wie ein Kleiderschrank, mit einem Tisch ohne Computer und einem kleinen Sofa, das meine Mutter selbst hergebracht hat. An der Wand hängen Fotos von mir und Jane und Dad. Es gibt sogar zwei Fotos unserer Katze Myshkin. Aber keine Fotos von Teddy – genauso wenig wie bei uns zu Hause.

Ich kann es ihr nicht vorwerfen.

Die Erinnerung tut weh.

Ob Fotos oder nicht, ich bin sicher, dass er jede Sekunde bei ihr ist, so wie bei mir.

Sein Bild wird auf die Innenseiten unserer Augenlider projiziert.

Also brauchen wir es nicht an der Wand.

Ich setze mich auf den glänzenden Sofabezug, und die Federn quietschen und geben unter meinem nicht gerade kräftigen Körper nach. Meine Mutter setzt sich auf ihren kaputten Bürostuhl, der in der niedrigsten Position feststeckt und sich nicht mehr hochstellen lässt, so dass sie sehr klein wirkt, obwohl sie eigentlich drei Zentimeter größer ist als ich.

»Hier, bitte«, sagt sie und reicht mir ein in Plastikfolie gewickeltes Erdnussbuttersandwich und einen kleinen Apfel mit rauer Schale. »Möchtest du einen Kaffee?«

Die Linien und Falten um ihren Mund sind so tief, dass er, wenn sie die Lippen spitzt, aussieht wie ein Stück Dörrobst.

Ich nicke.

Sie gießt schwarzen, bitter riechenden Kaffee aus der großen Edelstahl-Thermoskanne in eine metallene Campingtasse und reicht sie mir. Ich nehme einen Bissen von den zusammengeklappten Vollkorntoastscheiben, an deren Seiten Erdbeergelee hervorquillt. Ich wische mir den Mund mit dem Ärmel ab.

»Danke«, sage ich.

Sie trinkt ihren Kaffee, isst aber nichts.

»Mom«, beginne ich zögernd und blicke auf die abgewetzten Spitzen meiner Turnschuhe. »Mom ... wusstest du ... ähm ... wusstest du, dass Eliza Lindberg wieder da ist?«

Meine Mutter erstarrt, die Kaffeetasse nur wenige Zentimeter von ihrem Mund entfernt.

»Nein ... das wusste ich nicht.«

Sie nimmt einen Schluck, und ich beiße von meinem Sandwich ab und spreche mit vollem Mund.

»Ja. Ich habe sie gesehen. Sie sind wahrscheinlich fertig mit dem Restaurant in New Orleans.«

Meine Mutter stellt die Tasse ab und beugt sich vor, während sie ihre Finger über den untergeschlagenen Beinen verschränkt. Ihre Augen ziehen sich hinter der Hornbrille zusammen.

»Miles, ganz ehrlich, ich wusste nichts davon. Ich hätte es dir gesagt.«

»Nein, nein, ich weiß. So war es gar nicht gemeint.«

»Wirst du damit zurechtkommen? Hast du schon mit ihr geredet?«

»Nein, noch nicht. Aber, ja, ich komme klar. Es ist nur komisch, das ist alles.«

Meine Mutter starrt mich an, als wollte sie etwas sehen, das in mir versteckt ist. Ich bleibe ruhig.

»Dann sei vorsichtig, Miles.«

Ich lache – obwohl ich natürlich weiß, dass sie recht hat. Schon bevor Eliza mich abgewiesen hat, brachte sie mich immer ganz durcheinander. Einmal waren wir auf Klassenfahrt beim Skifahren, und alle spielten Wahrheit oder Pflicht oben in einem der Stockbetten im Mädchenzimmer. Irgendwer stellte Eliza die Aufgabe, mich zu küssen, und sie tat so, als wäre es das Ekelhafteste auf der Welt. Sie sagte, schon beim Gedanken daran müsse sie kotzen.

Sie hat mich nicht geküsst, und ich war so fertig, als hätte man mir die Eingeweide aus dem Leib gerissen.

Doch am nächsten Tag, als wir allein auf der Piste waren, kam sie zu mir und küsste mich schnell auf den Mund. Sie flüsterte, sie erfülle nur ihre Aufgabe. Und dann sauste sie die Piste runter. Ich war natürlich im siebten Himmel. Das ist ein platter Ausdruck, aber das ist mir egal. Ich *war* im siebten Himmel. Und ich nahm es als Zeichen, dass sie mich gern hatte.

Doch natürlich dauerte es nicht lange, bis sie mich wieder vor den anderen fies behandelte.

»Ja«, sage ich. »Ich meine, nein. Du hast recht.«

Meine Mutter setzt sich etwas aufrechter hin. Sie nimmt einen Schluck Kaffee und beugt sich noch näher zu mir.

»Ich meine es ernst, Miles.«

»Ja, ich auch«, erwidere ich. Ich betrachte ihr zerknittertes Gesicht. »Du musst dir keine Sorgen machen.«

Ich nehme noch einen Bissen von meinem Sandwich. Es stimmt. Ich weiß nur nicht, wie ich es meiner Mutter erklären soll, damit sie es versteht.

Ich meine, wie könnte ich was mit einem Mädchen anfangen, während Teddy noch immer irgendwo da draußen ist, verschwunden, wegen mir? Wie könnte ich mir erlauben, auf irgendeine Art glücklich zu sein?

Solange Teddy nicht gefunden wurde, werde ich nicht mit meinem Leben weitermachen können.

Keiner von uns kann das.

Meine ganze Familie ist in einer Art Dauerspannung gefangen.

Wir sind erstarrt, wir warten.

Und wer wird uns retten? Was wird uns ermöglichen, wieder zu leben?

Teddy zu finden.

Das ist alles.

Meine Mutter nippt an ihrem Kaffee.

In dem Augenblick durchzuckt mich ein Gedanke.

Jemand muss etwas tun.

Und ich denke zum ersten Mal, dass ich derjenige bin, der es tun muss.

Teddy ist irgendwo da draußen. Ich bin derjenige, der ihn nach Hause bringen muss.

Eine Stimme flüstert in meinem Kopf – wie ein einfallender Sonnenstrahl, wie das anbrandende Meer um mich herum, als wäre die Welt auseinandergebrochen und ich in der Mitte des Universums.

Ich bin derjenige.

Ich muss ihn finden.

Und das werde ich.

9

Unser Jahrgang ist wesentlich größer als in der achten Klasse, aber immer noch klein im Vergleich zu den meisten anderen Schulen, und man hat nicht wirklich die Option, jemandem aus dem Weg zu gehen, den man nicht sehen will.

Aus unerklärlichen Gründen habe ich es trotzdem zwei Tage lang geschafft, Eliza nicht zu begegnen.

Aber heute ist Vollversammlung, daher weiß ich, dass ich es nicht verhindern kann.

Wir strömen in die neu umgebaute Aula. Ich sitze neben Preston und Jackie, aber die sind ganz damit beschäftigt, sich tief in die Augen zu sehen, so dass sie kaum Notiz von mir nehmen, während ich den Blick durch den Raum schweifen lasse – auf der Suche nach Eliza.

Dann sehe ich sie.

Sie betritt die Aula allein.

Ihre Haare sind noch dunkler, als ich sie in Erinnerung habe, schwarz und voll. Sie trägt eine Vintage-Jeans, die in knöchelhohen Stiefeln steckt, einen grauen Baumwollpullover und ein weites T-Shirt. Sie ist groß und schlank und schön.

Ich beobachte, wie sie sich in eine der vorderen Reihen

setzt, ohne auf die hereinströmenden Schüler zu achten. Preston lehnt sich zu mir.

»Na, wen starrst du an?«

Ich bin überrumpelt.

»Was? Ich starre niemanden an.«

Er lacht. »Ja, klar.«

Ich atme ein und halte die Luft einen Moment in der Lunge, bevor ich schnell wieder ausatme und ihn frage: »Hast du mit ihr gesprochen?«

»Ähm, ja«, sagt er und weicht meinem Blick aus. »Nur kurz. Sorry, Mann, ich konnte ihr nicht aus dem Weg gehen.«

Mein Magen zieht sich zusammen, ich starre weiter in ihre Richtung. Je mehr man versucht, nicht an etwas zu denken, desto wahrscheinlicher wird es die einzige verdammte Sache, an die man denken *kann.* So ist es mit Eliza. Gegen meinen Willen und meine Vorsätze kann ich nicht anders, ich muss es wissen.

»Hat sie nach mir gefragt?«

Preston räuspert sich und wirft Jackie einen kurzen Blick zu. »Ja, ein bisschen.«

»Was hat sie gesagt?«

»Keine Ahnung, Mann. Sie hat halt nach dir gefragt.«

»Echt?«

»Ja. Ich glaube, sie wollte sich entschuldigen oder so. Als hätte sie endlich gemerkt, wie scheiße sie dich behandelt hat.«

Toll, denke ich, *sie hat also Mitleid mit mir. Genau was ich brauche.* Aber ich sage: »Quatsch, Mann, ist doch nicht nötig.«

Preston schüttelt den Kopf. »Verdammt nötig. Aber wenn ich du wäre, ich würde sie zappeln lassen. Ich will nicht, dass irgendwas ... du weißt schon ... was Schlimmes passiert.«

Hitze überschwemmt mein Gehirn. Ich wünschte, sie würden endlich alle aufhören, sich Sorgen zu machen. Ich bin kein Krüppel.

Aber ich sage nur: »Ach, vergiss es. Ist mir eigentlich auch egal.«

Er lacht wieder. »Klar.«

»Wirklich«, beharre ich. »Ich habe Wichtigeres zu tun, als mir über Eliza Lindberg Gedanken zu machen.«

»Ach ja? Was denn?«, fragt er.

»Also, ich ...«

»Was?«

»Ich ...«

Aber ich versuche gar nicht erst, es ihm zu erklären. Ich kann Preston nicht sagen, was ich vorhabe – wozu ich bestimmt bin. Ich kann es niemandem sagen. Sie würden es nicht verstehen. Sie würden sagen, dass ich meine Zeit verschwende, dass ich mir was vormache, dass ich dumm, naiv oder sonst was bin.

Und, scheiße, vielleicht bin ich das ja auch.

Aber das ist egal.

Preston grinst wieder und sagt: »Also, jedenfalls, ich mache doch am Samstag 'ne Party. Eliza hat gesagt, dass sie kommt. Und, äh ...« Er hält inne und sieht Jackie an, bevor er weiterspricht. »Sie hat gesagt, sie will dich sehen.«

Mein Gesicht wird ganz rot und mein Magen krampft sich zusammen.

»Sie will mich sehen?«

Preston nickt langsam. »Heißt das, du kommst?«

Ich zwinge mich zu atmen. »Nein, Mann. Ich habe dir gesagt, dass sie mir egal ist.«

»Du kommst also *nicht*?«

»Ich weiß es nicht. Mal sehen.«

Er beugt sich zu Jackie. »Er kommt auf jeden Fall.«

Sie lacht, und ihre weißen Zähne blitzen. »Bitte komm«, sagt sie zu mir. »Dann habe ich wenigstens Gesellschaft. Ich hasse es, wenn er seine Riesenpartys schmeißt.«

»Ich auch«, erwidere ich.

Preston schiebt den Unterkiefer vor. »Niemand zwingt euch.«

Jackie küsst ihn schnell auf die Wange. »Nein, ich werde da sein. Du solltest auch kommen, Miles. Dann verstecken wir zwei uns in Prestons Zimmer.«

Ich nicke, plötzlich abgelenkt – ich lausche auf die Schüler, die alle durcheinander reden, es klingt wie ein Bienenstock und wird immer lauter, als hätte jemand das Ding geschüttelt, die Drohnen schwärmen wütend aus, blind, suchend.

Und mittendrin Eliza.

Als gälte das alles nur ihr.

Ich sage mir wieder, das Einzige, was zählt, ist Teddy zu finden.

Prestons Party.

Jackie.

Eliza.

Die verdammte Versammlung.

Der Bienenstock.

Nichts davon zählt.

Alles ist bedeutungslos.

»Also«, fährt Jackie fort, »es werden sowieso so viele Leute da sein, dass du Eliza wahrscheinlich gar nicht zu Gesicht bekommst.«

»Stimmt.«

Unsere Schulleiterin, Miss Brizendine, tritt hinter das Pult auf dem Podium.

Der Lärm des Bienenschwarms um uns ebbt ab.

Eliza sitzt ganz still.

Und ich versuche, nicht auf sie zu achten.

10

Wenn es eins gibt, was ich aus den ganzen Schwarzweißfilmen weiß, die ich mit meiner Mutter gesehen habe, dann dass Detektive immer damit beginnen, den Hauptzeugen zu befragen. Und in diesem Fall ist Dotty Peterson nicht nur die Hauptzeugin, sie ist die *einzige* Zeugin – die Frau, die der Polizei sagte, sie habe Teddy in den Truck steigen sehen.

Ich habe Dotty Peterson nie persönlich getroffen – in den ersten zweiundsiebzig Stunden nach Teddys Verschwinden war ich ja im Krankenhaus –, aber ihr Name und ihr Wohnort standen in so ziemlich jedem Zeitungsartikel, der damals über die Entführung geschrieben wurde.

Es war also ziemlich leicht, sie aufzutreiben, auch zwei Jahre später. Ich musste nur die Telefonauskunft anrufen. Sie wurde als D. Peterson, Burlingame, Kalifornien geführt. Die Frau bei der Servicehotline stellte die Verbindung her, und Dotty Peterson antwortete nach dem zweiten Klingeln.

Ich war natürlich wahnsinnig nervös, einfach so da anzurufen – meine Stimme zitterte, während ich zu erklären versuchte, wer ich war und was ich wollte –, aber sie war sehr nett und geduldig. Sie war sogar einverstanden, dass ich sie besuche, um mit ihr über Teddy zu sprechen und »ein bisschen zu schwatzen«, wie sie sich ausdrückte. Sie beteuerte mehrmals, wie leid es ihr für mich täte. Sie war wirklich sehr nett.

Es ist nur eine kurze Busfahrt bis nach Burlingame, deshalb gehe ich nach der Arbeit zur 19. Avenue rüber und nehme den Stadtbus. Es dauert eine Weile, bis er kommt, aber schließlich sehe ich ihn im Nebel auftauchen, er klappert laut und hält dann mit zischenden Bremsen an.

Der Busfahrer, ein großer, kräftiger Mann mit einem grauen, struppigen Bart, wirft einen gelangweilten Blick auf meine Monatskarte. Der Bus ist so gut wie leer. In einer der vorderen Reihen sitzt ein Mann in einem dreiteiligen Cordanzug, der aussieht, als sei er mindestens dreißig Jahre alt. Das heißt, der Anzug sieht so alt aus, der Mann noch viel älter. Er reibt sich immer wieder mit Daumen und Zeigefinger das Kinn und scheint leise mit sich selbst zu reden, wobei er Worte und Bewegungen ständig wiederholt.

Ein anderer Mann, ebenfalls Mitte fünfzig – oder vielleicht eher sechzig –, mit einem großen weißen Bart und zurückgekämmten Haaren, starrt nach unten auf seine ineinander verkrallten Hände.

Dann ist da noch eine kleine Frau mit einer dicken Daunenjacke und einer durchsichtigen Plastiktüte über den Haaren, die sie wahrscheinlich vor der feuchten Luft schützen soll.

Ich lehne mich auf dem harten Plastiksitz zurück und hole das Buch aus dem Rucksack, das ich für die Schule lesen soll – Leo Tolstois *Krieg und Frieden.* Das Ding ist ein verdammter Klotz, aber das ist mir egal, weil es mir total gut gefällt – nur kann ich mich im Augenblick nicht darauf konzentrieren. Mein Blick ist verschwommen, meine Gedanken sind wirr. Ich lese drei Seiten, bevor ich merke, dass ich nichts davon behalten oder verstanden habe.

Draußen vor den zweistöckigen weißen viktorianischen Reihenhäusern erleuchtet der warme Schein der Weihnachtsbäume die vorderen Fenster. Die Bürgerssteige sind leer, obwohl auf den Straßen reger Verkehr herrscht. Der Bus schlingert und kommt zum Stehen, und der Fahrer hupt ungeduldig einen Lieferwagen an, der auf unserer Spur hält.

Dicke, gelangweilt dreinblickende Krähen hocken oben in den kahlen Bäumen auf dem Mittelstreifen und putzen sich.

Die Krähen auf den Telefonkabeln, den Dächern und Regenrinnen.

Überall Krähen.

Wieder.

Immer.

Immerzu erinnern sie mich daran, dass ich am Abgrund stehe – taumele – kämpfe, um hinter dem Wahn die Wirklichkeit zu fassen zu kriegen.

Teddy.

Er ist real.

Mein neunjähriger Bruder – irgendwo da draußen, verängstigt und allein.

Ihn zu finden, nur darauf kommt es an.

Der Nebel beginnt sich zu lichten, während der Bus die Straße emporklettert und auf den 101 Freeway abbiegt.

Es dauert etwa eine halbe Stunde bis zu der Haltestelle, von der aus es am kürzesten zu Dotty Peterson ist. Burlingame ist eine dieser vorstädtischen Wohnsiedlungen, voll von Einkaufszentren und Großmärkten.

Der Himmel ist klar und die Luft ist kalt. Ich ziehe mir die Kapuze in die Stirn und gehe eine Straße mit heruntergekommenen Wohnhäusern entlang, die größtenteils von Maschendrahtzäunen und kargen Gärten umgeben sind.

Die wenigen Autos fahren langsam. Zwei mitgenommmen aussehende Eichhörnchen jagen einander einen kahlen Obstbaum hinauf. Ein graubrauner Hund entdeckt die Eichhörnchen und setzt ihnen nach, dreht sich in kleinen Kreisen in der Ecke des Zauns. Er bellt und bellt.

Die Eichhörnchen beenden ihre Verfolgungsjagd und fangen an, den glücklosen Hund zu verhöhnen.

Ich gehe weiter den Block hinunter.

Der Wind weht stärker, so dass der Müll – alte Zeitungen, Kaffeebecher, McDonalds-Verpackungen und Plastiktüten – die Straße entlangweht. Eine einsame schwarze Krähe scheint reglos in der Luft über mir zu hängen, ein Bein an den Bauch hochgezogen, die andere Klaue wie zu einer winzigen Faust geballt.

Ich nestle am Feuerzeug, um mir eine Zigarette anzuzünden. In einem Garten um einen ausgebauten Wohnwagen stehen eine Menge riesiger aufblasbarer Weihnachtsfiguren. Ein Stromgenerator keucht erfolglos, während der Plastikweihnachtsmann schlaff zur Seite kippt und wie eine Fahne im Wind zu flattern beginnt. Ein ebenfalls wenig beeindruckender Schneeball wird gegen den Hinterhuf eines flachen Rentiers gedrückt.

Auf dem Dach des nächsten Hauses ist eine Schornsteinattrappe angebracht, aus der die Beine des Weihnachtsmanns herausragen, als würde er gerade kopfüber in den Kamin rutschen. Ein Schild mit farbigen Lämpchen darunter wünscht der gesamten Nachbarschaft ein *Frohes Fest.*

Es sind noch über drei Wochen bis Weihnachten, aber fast jedes Haus hier ist festlich geschmückt.

Wir haben zu Hause nicht mal einen Baum oder ein paar Lichter aufgehängt oder so. In den letzten zwei Jahren haben wir Weihnachten so gut wie gar nicht gefeiert. Jane findet es natürlich aufregend, und wir bemühen uns, ihr ein paar Geschenke zu besorgen und mit ihr Weihnachtsfilme zu gucken und an der Embarcadero Schlittschuh laufen zu gehen.

Aber wie könnte einer von uns wirklich glücklich sein, wenn wir wissen, dass mein Bruder noch irgendwo ist – verängstigt und allein?

Deshalb bin ich hier.

Und ich werde nicht aufgeben, bis ich ihn finde.

11

Dotty Petersons Haus ist sogar noch kleiner als unseres – alles ist düster vertäfelt und an den Wänden sind Einbauregale, unordentlich mit Taschenbüchern gefüllt, wie man sie im Supermarkt kaufen kann. Außerdem streichen fünf oder sechs Katzen durchs Haus. Und es gibt mehr Möbel für Katzen – diese komplizierten, mit Teppich beklebten, immer schmutzig wirkenden Skulpturen – als für Menschen. Die Katzen haben verfilztes Fell. Abwechselnd kratzen sie sich und stürzen sich aufeinander, sie kämpfen und balgen.

Der Gestank nach Katzenpisse brennt wie Ammoniak in meinem Hals.

Aber Dotty Peterson ist sehr nett – genau wie am Telefon. Sie macht mir einen Lipton-Tee in einer kleinen Porzellantasse – mit Katzen drauf, versteht sich. Wir sitzen zusammen auf einem eingesunkenen Sofa, dessen brauner Cordbezug von zahllosen Katzenkrallen zerschlissen ist.

Sie ist groß und kräftig, mit sackendem Kinn und hängendem Nacken. Ihre Brillengläser sind dick und rechteckig, so dass ihre eng zusammenstehenden Augen seltsam vergrößert sind. Sie hat kurze dunkle, angegraute Haare. Die Katzen springen auf ihren Schoß und wieder hinunter, während wir uns unterhalten.

»Du armer Junge«, sagt sie, während sie abwechselnd an ihrem Tee nippt und Butterkekse aus einer Blechdose auf dem Sofatisch isst. »Ich wünschte, ich könnte irgendetwas für dich tun. Mit Detective Marshall hast du sicher schon gesprochen? Er schien mir sehr kompetent zu sein.«

»Nein, noch nicht«, erwidere ich, obwohl ich den Namen des Hauptermittlers in Teddys Fall natürlich kenne.

Dotty setzt sich aufrechter hin und lächelt, als wäre das Ganze für sie ziemlich aufregend. Das ist es wohl auch. Sie muss ganz schön einsam hier in ihrem kleinen Haus sein. Ich meine, vielleicht hat sie einen Mann oder eine Freundin oder so – aber das bezweifle ich.

»Du solltest mit ihm reden. Ich denke, er wird dir alles sagen, was du wissen willst. Ach, ich glaube, seine Visitenkarte hängt noch an meinem Kühlschrank.«

»Von vor zwei Jahren?«

»Natürlich. Das war so eine aufre- ... ich meine, so eine schreckliche Tragödie. Ich bin sicher, Detective Marshall nimmt sich Zeit für dich. Es ist nur, weißt du, die Polizei in San Francisco hat so schrecklich viel zu tun. Ein Fall wie bei deinem ... deinem Bruder, also, meistens nehmen sie die Antwort, die am einfachsten ist. Ein unabgeschlossener Fall wirft ein schlechtes Licht auf die Abteilung. Das weiß ich aus der Serie *Law & Order*. Die ist echt gut. Kennst du die? Ich liebe Jack McCoy.«

Sie zeigt auf den Flachbildfernseher, der merkwürdig fehl am Platz wirkt in diesem auseinanderfallenden Wohnzimmer, in dem schon fast der Schimmel aus den Ecken kriecht.

»Nein, ähm, die kenne ich nicht.«

»Na, egal. Ich will nur sagen, die Polizei mag keine unaufgeklärten Fälle. Deshalb behaupten sie, dass Teddy ... dein Bruder ... ertrunken sein muss. Obwohl ich ihnen immer wieder gesagt habe, was ich gesehen habe. Sie wollen es nicht glauben, weil ... weil sie wollen, dass alles schön ordentlich verpackt ist, mit einer kleinen Schleife drauf ... Weißt du, was ich meine?«

»Sie glauben also nicht, dass er ertrunken ist?«

Sie streckt ganz plötzlich die Hand aus und greift nach meiner. Sie fühlt sich warm und klebrig an, und ich will die Hand wegziehen, aber ich möchte nicht unhöflich sein.

»Ich *weiß* es«, erklärt sie und sieht mir gerade in die Augen. »Und du hast recht, dass du die Sache selbst in die Hand nimmst.«

Ich lache unbeholfen. »Wirklich? Ich dachte, ich wäre vielleicht verrückt.«

»Nein, überhaupt nicht, überhaupt nicht. Die Möglichkeiten der Polizei sind in solchen Fällen begrenzt. Sie haben nicht die Zeit ... und auch nicht die Mittel. Weißt du, meine Eltern kamen beide bei einem Verkehrsunfall ums Leben, als meine Schwester und ich noch klein waren. Fahrerflucht.« Sie hält immer noch meine Hand und starrt mich an, und ihre Augen röten sich und beginnen zu tränen. »Die Polizei hat natürlich getan, was sie konnte, aber sie haben den Fahrer nie gefunden.«

»Oh Gott«, sage ich.

Ihre Hand lockert den Griff, und sie senkt den Kopf.

»Ja, na ja, wir haben alle unser Kreuz zu tragen. Deshalb

habe ich auch damals beschlossen, der Polizei zu sagen, was ich gesehen hatte. Es war ...«

Sie bricht ab, wirft mir einen schnellen Blick zu, und ihr Gesicht läuft plötzlich bis zum Hals hinunter violett an.

»Es ... es tut mir leid ...«, stammelt sie. »Ich ... ich wusste nicht, wie ich es dir sagen sollte, aber ... es ist meine Schuld. Alles. Ich wusste, dass es passieren würde.«

Zitternd nimmt sie ein paar Taschentücher aus einer Box auf dem Tisch und tupft sich die Augen.

»Was meinen Sie? Sie konnten es nicht wissen.«

»Oh!«, sagt sie. »Oh, Gott, vergib mir. Es tut mir leid. Es tut mir so leid.«

Sie taumelt durch den leeren Raum zwischen uns, und bevor ich reagieren kann, stecke ich mit dem Kopf in ihrem riesigen verdammten Busen (der, zum Glück, von einem grauen Sweatshirt bedeckt ist – natürlich mit Katzenmuster). Sie fängt an zu weinen und drückt mich an sich, und ich frage mich, ob ich vielleicht nicht der Einzige hier bin, der heute vergessen hat, seine Pillen zu nehmen.

»Aber sie wussten es doch nicht«, sage ich und versuche verzweifelt, mich aus ihrer Umarmung zu befreien. »Sie dürfen sich keine Vorwürfe machen. Ich meine, wenn überhaupt jemand schuld ist, dann ich.«

»Das ist lieb von dir«, sagt sie und trocknet sich die Augen. »Das ist sehr lieb. Wenn du nur wüsstest, wie ich mich gequält habe, tagein, tagaus.«

Klar, ich auch, denke ich, aber ich spreche es nicht aus.

»Weißt du«, fährt sie fort, »ich wollte an dem Tag eigentlich gar nicht an den Strand. Aber es war so heiß, und ich arbeite bei der Mautstelle an der Brücke, kennst du die? Ich beschloss, auf dem Heimweg am Strand vorbeizufahren. Ich wollte natürlich nicht schwimmen oder in der Sonne liegen. Aber ich schaue mir gerne das Meer an. Ich habe mich an einen der Picknicktische gesetzt –«

»Picknicktische?« Meine Gedanken kreisen, während ich mich zu erinnern versuche. »Wo sind die Picknicktische?«

Sie lächelt. »Na, oben am Parkplatz. Ich saß an einem der Picknicktische und schaute aufs Meer. Ich bemerkte, dass die Wellen immer größer wurden, und dann lief eine Gruppe Kinder an mir vorbei. Sie wollten in den Dünen spielen. Als ich deinen Bruder sah, dachte ich erst, er gehörte auch zu den Kindern.«

»Sind Sie sicher?«, frage ich atemlos. »Sind sie sicher, dass es Teddy war?«

Ich stottere, als ich seinen Namen ausspreche. Meine Augen brennen jetzt, während ich den Strand vor mir sehe, die Wellen, die Dünen, die spielenden Kinder – und Teddy und mich, bis ich ihn alleinließ.

»Ich weiß, dass er es war«, erwidert sie.

Ihre Hand greift wieder nach meiner, und dieses Mal macht es mir nichts aus.

»Die Polizei hat mir viele Fotos gezeigt. Ich habe mit deinen Eltern gesprochen und ich kann mich gut an sie erinnern. Sie waren so nette Leute. Und, ja, um deine Frage zu beantworten, ich bin mir zu hundert Prozent sicher. Er war es – rote Haare, Sommersprossen, etwa so groß …« Sie deutet seine Größe mit der freien Hand auf der Höhe ihrer Schulter an.

»Was hat er gemacht?«, stammele ich.

»Er lief allein zum Parkplatz. Und dann ... dann kam ein Mann auf ihn zu und sprach ihn an. Ich konnte nicht verstehen, was sie sagten. Der Junge hat den Kopf geschüttelt ... zweimal. Und dann hat der Mann ihn am Arm genommen und zum Auto geführt.«

»Einen weißen Ford Explorer«, sage ich und kann die Tränen nicht mehr zurückhalten.

»Genau«, sagt sie und sieht mich an. »Genau. Und ich wusste es. In dem Moment wusste ich es. Irgendetwas stimmte nicht. Deshalb erinnere ich mich so genau daran. Weil ich wusste, dass etwas nicht stimmte. Und ich habe nichts getan. In meinem Herzen habe ich es gefühlt. Ich habe gefühlt, dass ich den Mann daran hindern müsste, mit dem Kind wegzufahren, aber ich habe nichts getan. Ich habe versagt. Es ist meine Schuld.«

Jetzt weint sie auch, wir weinen zusammen.

»Und der Mann«, frage ich, lauter als beabsichtigt, und meine Stimme bricht. »Der Mann?«

Ihr Kopf sinkt, und sie gibt meine Hand frei und faltet die Hände.

»Er war groß, hatte eine Halbglatze und graue Haare an den Seiten. Er hatte eine große Nase und trug eine Jogginghose und ein Sweatshirt. Sein Gesicht war hart und eingesunken – überhaupt kein Fleisch auf den Knochen. Aber ich erinnere mich vor allem an seine Augen. Seine Augen waren wie ...«

Sie starrt vor sich hin und wedelt abwesend mit der Hand, wie um die richtigen Worte in der Luft zu fangen.

»Wie ein schwarzes Loch«, sagt sie schließlich. »Ganz leer.«

Ich zittere und ziehe meine Jacke enger um mich.

»Hat er ... sich gewehrt?«, frage ich zaghaft.

Sie schüttelt wieder den Kopf. »Nein. Nein. So war es nicht. Er ist einfach mit ihm gegangen. Sie haben geredet und dann sind sie gemeinsam ins Auto gestiegen.«

Ich nicke.

Sie hebt ihre Tasse zum Mund, doch dann stellt sie sie wieder auf dem Tisch ab, ohne zu trinken.

»Als du mich angerufen hast«, sagt sie, »begann ich darüber nachzudenken, was ich dir sagen sollte. Und ich glaube, ich hatte eine Art Eingebung, verstehst du? Dass ich mit dir die Antwort teilen sollte – die wahre Antwort, auf die einzige Frage, die wirklich wichtig ist.«

Ich halte die Luft an. »Ja, nein, ich meine ... Sie haben mir schon so viel geholfen. Ich weiß nicht, wie ich Ihnen danken soll.«

Ich versuche, aufzustehen und zu gehen, aber sie lächelt nur und klopft mir mehrmals aufs Knie, als wolle sie mich am Sofa festnageln.

»Du musst dich nicht bedanken. Etwas hat uns heute zusammengebracht – etwas, das größer ist als du oder ich.«

»Aha«, sage ich blöde.

»Weißt du, wer dir helfen kann?«, fragt sie und schnurrt fast wie ihre Katzen. »Weißt du, auf wen du dich verlassen kannst? Auf wen deine Familie sich verlassen kann? Wer dich retten wird? Und wer deinen Bruder erretten wird?«

Mein Kopf nickt automatisch. Ich weiß, was jetzt kommt, aber es gibt nichts, was ich dagegen machen kann.

»Jesus Christus«, sagt sie, ohne meine Antwort abzuwarten. »Jesus ist für uns am Kreuz gestorben, um uns das ewige Leben zu schenken und unsere Sünden hinwegzunehmen. Jesus ist immer bei dir. Er ist bei uns allen. Wir können ihn zurückweisen und den Weg allein gehen, oder wir können ihn in unser Herz lassen, und er wird uns an unseren Platz im Himmelreich führen.«

Ich nicke und lächele wie ein verdammter Idiot und dann stehe ich vom Sofa auf. »Ja, also«, sage ich, »vielen Dank, aber jetzt muss ich wirklich gehen. Ich werde Ihnen Bescheid geben, wenn ich etwas herausfinde.«

Sie rückt die Brille auf ihrer Schweinenase zurecht und stemmt sich mühsam vom Sofa hoch. »Aber ich bin noch nicht fertig. Ich muss dir noch so viel sagen.«

Sie starrt mich an und ihre Augen sind rot und flehend.

Und plötzlich verstehe ich – ich verstehe, warum sie mich so bereitwillig empfangen hat. Ich verstehe, warum sie jeder Zeitung ein Interview gegeben hat und sich in jeder Nachrichtensendung zu der Entführung befragen ließ. Ich verstehe, warum sie sich an alles so genau erinnert. Ich verstehe, warum Detective Marshalls Karte noch immer an ihrem Kühlschrank hängt. Und ich verstehe, warum sie sich immer noch Vorwürfe macht, Teddys Entführung nicht verhindert zu haben.

Sie will ein Teil der Story sein.

So einfach ist das.

Sie lebt hier allein. Sie arbeitet an der Mautstation bei der Brücke. Sie hat ihre Katzen, ihre Kirche und ihre Fernsehserien.

Zeugin von Teddys Entführung zu werden, muss ihr zum ersten Mal in ihrem Leben das Gefühl gegeben haben, wirklich wichtig zu sein.

Also denkt sie, Gott sähe irgendeinen tieferen Sinn darin, meinen Bruder entführen zu lassen. Denn für sie ist dieser tiefere Sinn, dass sie endlich eine Rolle spielte.

Sie war in der Zeitung.

Sie war im Fernsehen – nicht nur einmal, sondern viele Male.

»Ich muss jetzt gehen«, sage ich. »Es tut mir leid.«

Ich gehe zur Tür.

»Nein, warte –«

Sie streckt die Hand aus, als wolle sie mich aufhalten.

Aber ich bleibe nicht stehen.

Ich gehe weiter.

Ich öffne die Tür.

Und drehe mich nicht um.

12

Als ich nach Hause komme, sind meine Eltern mit Janey im Kino, und ich muss mir selbst etwas zum Abendessen machen. Aber irgendwie bin ich so aufgewühlt, dass ich gar keinen Hunger habe. Ich werde verrückt, wenn ich hier alleine herumhocke. Also sage ich mir, scheiß drauf, ich kann genauso gut auf Prestons Party gehen.

Ich mache mich frisch und ziehe die Klamotten an, die ich als meine coolsten bezeichnen würde – eine Jeans, ein Vintage-Shirt über einem Thermounterhemd und meinen dicken, pelzgefütterten Armeeparka, weil es saukalt draußen ist.

Klar, ich weiß, es ist eine beschissene Idee, auf diese Party zu gehen, aber ich gehe trotzdem – einige Blocks die Straße hinunter, über die Lake Street und dann hoch nach Sea Cliff, wo jedes verdammte Haus so groß wie ein Schloss ist, die Fenster immer dunkel sind und man nie Musik auf der Straße hört. Die Leute hier sind so reich, dass sie den Rest der Welt aussperren können – und sich dabei selbst einsperren.

In unserem Viertel schreien und lachen und streiten die Leute wenigstens, sie machen Feuer in ihren Gärten und hängen tote Hühner ins Schaufenster.

Hier stehen nur nachgeahmte italienische Villen rum und nachgeahmte französische Chateaus und nachgeahmte bayerische Landhäuser und spanische Was-weiß-ich und japanische Häuser wie das, in dem Eliza früher gewohnt hat. Komisch, dass die Reichen so gerne so tun als ob. Reiche sind wie kleine Kinder – wie Teddy mit seinen Spielzeugautos und Actionfiguren und seinem Superman-Umhang aus einem alten Handtuch. Sie haben so viel Geld, dass sie alles sein können, was sie wollen.

Ich weiß noch, dass Elizas Dad so eine Art Samurai-Sushi-Koch sein wollte – deshalb sah ihr Haus auch aus wie ein Shinto-Tempel.

Prestons Eltern wollen abgedrehte Künstler sein, die um die ganze Welt reisen. Und das können sie auch, sie haben die Kohle.

Während wir anderen da hängen bleiben, wo wir sind.

Die ganze Straße rauf und runter parken Autos – ohne Zweifel von Prestons Gästen –, sie säumen die Golfanlage und füllen den Parkplatz vor dem Palace of the Legion of Honor.

Preston war schon immer extrem beliebt, und obwohl ich ganz genau weiß, dass keiner dieser Leute ihm auch nur annähernd so nahesteht wie ich, spüre ich einen Anflug von Eifersucht – oder vielleicht auch nur Ärger. Denn eigentlich scheren sich diese Leute einen Dreck um ihn. Sie interessiert nur, dass er ein cooles Haus hat und seine Eltern nie da sind.

Aber zugegeben, das Haus ist wirklich cool: Es thront auf schroffen Felsen, von Zypressen und tiefhängendem Nebel umgeben, es hat ein gotisches Spitzdach, Marmorsäulen und jede Menge Fenster und Luken aus buntem Glas.

Ich gehe durchs Eingangstor, wo ein paar Typen aus der Oberstufe am Brunnen abhängen und einen Joint rauchen, und grüße zurückhaltend. Sie reagieren nicht, und ich denke, vielleicht sollte ich gleich wieder gehen. Ich meine, ich hasse Partys, und ich habe keine Ahnung, was ich hier überhaupt will.

Es ist seltsam, von Leuten in meinem Alter umgeben zu sein, die um jeden Preis cool und beliebt sein wollen – vor allem jetzt, nach dem Treffen mit der Frau, die gesehen hat, wie mein Bruder entführt wurde.

Die Art, wie sie den Mann beschrieben hat. Allein der Gedanke daran ist schrecklich. Und trotzdem wollte sie mir erzählen, dass es irgendeinen Gott gibt, der über uns wacht – sich sogar um uns kümmert.

Kann das wirklich der Fall sein? Ich sage ja nicht, dass ich nicht an Gott glaube – ich mag die Vorstellung, dass es eine höhere Macht gibt. Aber ich glaube nicht, dass die irgendwas damit zu tun hat, dass mein Bruder von einem Psychopathen entführt wurde – oder dass diese Idioten hier rumstehen und sich die Birne wegkiffen.

Wenn ich mir diese Typen in ihren beschissenen Designerklamotten so anschaue, wie sie ihr beschissenes Pot rauchen, will ich die ganze Welt kurz und klein hacken.

Es war ein Fehler herzukommen; das ist mir jetzt klar.

Ich sollte gehen.

Nur ...

Preston hat gesagt, Eliza würde kommen.

Nicht, dass das wichtig wäre.

Wichtig ist, Teddy zu finden.

Wichtig ist, meine Familie wieder zusammenzubringen.

Eliza ist nicht wichtig.

Doch schon beim Gedanken an sie schlägt mein Herz schmerzhaft.

Die Vorstellung, sie wiederzusehen, ist ... fast mehr als ich ertragen kann.

Meine Finger zittern, als ich die Hand hebe.

Hinter diesen Kiffertypen, hinter dem Brunnen und den Steinfiguren und der Tür ist Eliza – zumindest könnte sie es sein.

Und Preston sagt, sie will mich sehen, mit mir reden, sich entschuldigen.

Es sind mehr als zwei Jahre vergangen, und es hat sich so vieles verändert.

Ich drücke die Klingel.

13

Die Musik wummert so laut, dass Preston brüllen muss.

»Hey, Miles, was geht?«

Er trägt seine abgefahrene knallbunte Strickmütze.

»Komm rein, Mann«, sagt er.

Wir gehen durch die Eingangshalle und die Treppe hoch an den vielen gerahmten Fotos von Preston und seinen Eltern vorbei. Da sie heute nicht da sind, haben wir das ganze Haus für uns. Wir gehen zu der offenen Küche und dem großzügigen Essbereich, wo bestimmt hundert Leute abhängen.

»Krass, ist das voll«, sage ich und ziehe fest an meiner Zigarette.

Er lacht. »Scheiße, ja. Ich habe allen gesagt, sie können so viele Freunde mitbringen, wie sie wollen. Das wird die Party des Jahrhunderts.«

Er führt mich durch die Grüppchen, und alle tanzen, oder wie man das nennen will, während der Rapper in der Anlage singt: »*Shake ya ass! Watch ya self! Shake ya ass! Show me what you workin' with!*«

»Passiert das hier gerade wirklich?«, flüstere ich ihm zu, aber die Antwort kenne ich bereits, und er hört mich sowieso nicht.

Auf der Arbeitsplatte in der Mitte der Küche stehen jede Menge Flaschen mit Schnaps und Orangensaft und so weiter, die Musik ist wahnsinnig laut, und alle möglichen Körper drücken gegen meinen. Ich fühle plötzlich wieder Schmerzen im Bauch, und mir fällt ein, dass ich nichts gegessen habe, bevor ich meine verdammten Tabletten genommen habe, und dass mir deshalb so schlecht sein muss. Normalerweise versuche ich, die Tabletten über einen längeren Zeitraum verteilt zu nehmen, aber weil ich heute so schnell aufgebrochen bin, habe ich sie alle auf einmal genommen – die vier Lithium, die drei Kapseln Prozac, die zwei Lamictal, die zwei Zyprexa, die zwei Depakote und die Abilify. Sie brennen sich wie Feuer durch meine Magenschleimhaut.

»Hey, Preston!«, brülle ich. »Hast du was zu Essen da? Tut mir leid.«

Preston reicht mir irgendeinen Schnaps in einem roten Plastikbecher und sagt: »Hier, auf ex, dann geht's dir besser.«

Ich wiederhole meine Frage, aber er sagt nur: »Runter damit!«

Also tue ich, was er sagt. Die Flüssigkeit brennt in meinem Hals, und es fühlt sich an, als hätte ich ein Feuer im Bauch. Ich stelle mir vor, wie der Alkohol sich mit den Pillen vermischt und eine Säure bildet, die sich durch meinen Magen frisst und durch meine Haut auf die dunklen Kacheln spritzt.

»Ernsthaft, Mann, hast du irgendwas zu Essen da?«

Preston kippt seinen Drink runter, schüttelt den Kopf

und sagt laut: »Bullshit! Ja, klar, glaub schon. Schau halt in den Kühlschrank, Mann, du kannst alles fressen, was da drin ist.«

»Cool, danke.«

Ich will zum Kühlschrank, aber plötzlich ist es, als wäre mir der Alkohol direkt in die Adern gespritzt worden, mir ist übel und meine Beine werden schwach. Ich trete meine Zigarette aus, weil ich den Geruch keine Sekunde länger ertragen kann.

Preston ist weg, und ich bin allein unter all diesen Leuten, die sich bewegen wie ein riesiges pulsierendes Lebewesen, das aus der Ursuppe kriecht und seine ersten Schritte an Land macht und sich dreht und windet und Körperflüssigkeiten absondert.

Die Lichter scheinen mit dem wummernden Bass zu flackern und zu knistern. Ich schließe die Augen, strecke die Hand aus und stürze auf die Kacheln. Ich muss würgen, aber es kommt nichts, ein Glück, denn jetzt höre ich eine Stimme, die zu mir spricht: »Miles ... Miles ... Alles in Ordnung?«

Ich öffne die Augen.

Ich weiß nicht, ob das mal wieder eine Halluzination ist, aber da steht sie und beugt sich über mich.

»Miles ... Was ist los?«

Sie legt mir die Hand auf die Stirn, und sie fühlt sich so kühl und irgendwie beruhigend an. Ich rieche ihren alten vertrauten Geruch – nach Shampoo und sauberer Wäsche und noch etwas anderem.

»Eliza?«, sage ich. »Bist du das?«

Sie lächelt mich an.
»Ja, natürlich.«
Sie hilft mir auf die Füße.
»Komm«, sagt sie. »Sollen wir an die Luft gehen?«
Ich nicke.
Und wir gehen gemeinsam nach draußen.

14

Der Wind bläst heftig durch den gepflasterten Innenhof, und Eliza zittert, also gebe ich ihr meinen Parka.

»Sicher?«, fragt sie und zieht ihn sich eng um die Schultern.

»Ja. Tut mir leid, ich habe einfach nicht genug gegessen. Wir können gleich wieder reingehen.«

Sie schüttelt den Kopf. »Nein, noch nicht. Ich muss mit dir reden.«

Ihre Stimme ist irgendwie tiefer geworden. Sie streicht sich die schwarzen Haare hinter die Ohren.

Ich habe immer noch Schwierigkeiten zu atmen, aber ich versuche mich zusammenzureißen und zünde mir eine neue Zigarette an, während ich in ihre klaren grünblauen Augen schaue.

»Hey, ich bin größer als du«, sage ich lächelnd.

»Stimmt. Wann ist das bloß passiert?«

Sie kommt einen Schritt näher und dreht sich zur Seite, so dass ich ihr Profil sehe – ihre feine, wohlgeformte Nase, ihre vollen Lippen. Ich denke zum millionsten Mal, wie verdammt schön sie ist.

»Kann ich, äh ... kann ich auch eine haben?«, fragt sie und sieht mich an.

»J-ja, klar.«

Ich reiche ihr eine Zigarette und versuche, ihr Feuer zu geben, doch der Wind ist zu stark und sie muss sie selbst anzünden.

Irgendwie fühlt sich das wie ein krasses Versagen an.

»Ich habe dich vermisst, Miles«, sagt sie und gibt mir das Feuerzeug zurück. Unsere Blicke treffen sich und springen schnell wieder auseinander.

»Ich dich auch.«

Sie setzt sich auf die Treppe und schließt den Reißverschluss meines riesigen Parkas. »Ich wollte dich sehen.«

Ich setze mich neben sie und spüre die Wärme ihres Körpers.

»I-ich dich auch.«

Ich wiederhole ihre Worte wie ein verdammter Idiot.

Ich dich auch. Ich dich auch. Ich dich auch.

»Echt?«, fragt sie und lehnt sich an mich.

»Ja. Echt.«

Aber plötzlich ist da ein überwältigender Gestank, nach Verbranntem und fauligem Fleisch, der vom Boden unter mir aufzusteigen scheint, und ich weiche zurück.

»Ich habe gehört, was dir passiert ist«, sagt sie offen.

Ich rücke noch ein Stück weg, nicht wegen ihrer Worte, sondern weil dieser Gestank mich fertigmacht. Aber sie versteht es falsch.

»Tut mir leid«, sagt sie. »Wir müssen nicht darüber reden.«

»Nein, nein, das ist okay. Tut mir leid. Es ist nur mein Magen.«

Sie nickt. »Musst du viele Tabletten nehmen?«

Ich nicke und versuche möglichst stillzuhalten, wegen der Übelkeit.

»Äh, ja, ziemlich.«

Sie lächelt lieb. »Ich verstehe das. Ich weiß, es ist nicht das Gleiche, aber ich bin seit einigen Monaten auch bei einer Therapeutin. Und sie will, dass ich zu so einem Typen gehe, einem Psychopharma… wie heißen die?«

»Psychopharmakologen.«

»Genau.«

Ich ziehe an meiner Kippe und atme durch die Nase aus.

»Warum bist du in Therapie?«, frage ich. »Depressionen?«

Und dann füge ich schnell hinzu: »Also, falls es dir nichts ausmacht, darüber zu reden.«

Sie lehnt sich wieder an mich und ich sehe ihre nervösen Finger, die immer wieder die Asche ihrer Kippe abklopfen.

»Nein, es macht mir nichts aus. Es tut gut, endlich mit jemandem darüber zu sprechen. Meine Freunde verstehen das nicht.«

»Ja, meine auch nicht.«

»Siehst du? Ich habe dich vermisst, Miles. Weißt du noch, wie viel wir immer telefoniert haben und so?«

»Klar. Jeden Abend.«

Mein Kopf dreht sich und ich reibe mir die Schläfe mit der Seite meines Daumens, als könnte ich so die Welt auf Pause stellen.

»Also, was ist passiert?«, frage ich vorsichtig, ich will nicht zu sehr nachbohren.

Sie atmet und raucht und atmet. Dann sagt sie: »Du musst mir versprechen, dass du mit niemandem darüber redest, okay?«

Ich verspreche es ihr. »Glaub mir, ich rede sowieso mit niemandem.«

Sie lacht ein bisschen. »Tja ... also, mein Dad hat uns verlassen.«

Kalter Schweiß bricht mir am ganzen Körper aus wegen der verdammten Medikamente.

»Er hat eine Neue.«

»Oh Gott.«

»Ich weiß! Dieses Arschloch. Nachdem er meine Mom jahrelang verarscht und belogen hat, hat er ihr irgendwann einfach gesagt, dass er sie nicht mehr liebt.«

»Oh Gott.«

Mein neues verdammtes Mantra.

»Er ist noch am selben Abend ausgezogen, und plötzlich saßen wir allein in dieser Riesenvilla im French Quarter. Meine Mutter ist drei Monate lang kaum aus dem Haus gegangen.«

»Oh Gott.«

»Ja. Sie war ... also, das darfst du wirklich niemandem erzählen, aber sie musste sogar in die Psychiatrie. Die Ärzte haben empfohlen, dass wir wieder hierherziehen. Immerhin hat sie hier ein paar Verwandte. Erinnerst du dich noch an meine Tante in Marin County?«

»Natürlich.«

Elizas Tante ist eine coole alte Lesbe, die als Aufseherin im Nationalpark von Point Reyes an der Küste arbeitet. Als wir klein waren, haben Elizas Eltern mich manchmal übers Wochenende dorthin mitgenommen.

Ich lehne mich gegen das Metallgeländer. »Und, wer ist sie? Wieder so eine strohdumme Kellnerin?«

Eliza lacht. »Nein. Ob du es glaubst oder nicht, sie ist tatsächlich auch eine bekannte Köchin.«

»Ich hätte gar nicht gedacht, dass das Ego deines Vaters das aushält.«

Sie lächelt. »Daran erinnerst du dich also auch noch, was?«

»Ich erinnere mich an alles.«

Ihr Lächeln verschwindet.

»Ich weiß«, sagt sie schließlich. »Miles, es tut mir leid.«

Ich erwidere: »Nein, so war das nicht gemeint. Aber ... also ... mir tut es auch leid.«

Sie sitzt jetzt so dicht neben mir, dass ich ihren flachen Atem in der kalten Nachtluft hören kann. Ich erinnere mich, wie wir als Kinder zusammen auf Hawaii waren. Ihre Mutter hatte einen coolen hawaiianischen Tourguide engagiert, der mit uns einen Ausritt über die Steilküste machte. Auf einmal, als der Führer gerade damit beschäftigt war, ein Gatter hinter uns zu schließen, stürmte Elizas Pferd plötzlich davon, und ich, ohne zu wissen, was ich tat, trat mein Pferd fest mit der Hacke und galoppierte ihr nach. Es war das erste Mal, dass ich auf einem Pferd saß, doch ich musste sie einholen. Ich brachte mein Pferd dazu, neben ihrem zu laufen, und das beruhigte ihr Pferd irgendwie, und es wurde langsamer, bis wir beide schließlich anhalten konnten.

Damals atmete sie ganz schnell. Ich weiß es noch genau –

als ob sie hyperventilierte, so heftig, dass sie kaum sprechen konnte. »Tief einatmen«, sagte ich zu ihr. »Komm schon, du schaffst das, einfach tief einatmen.«

Und sie tat es. Sie tat, was ich ihr sagte. Sie atmete tief und langsam ein.

Ich achte darauf, wie sie jetzt atmet – langsamer, leichter.

Ich stoße mit der Spitze meines Stiefels gegen den Boden und versuche krampfhaft, das Thema zu wechseln.

»Ähm ... ist dein, äh ... Vater in New Orleans geblieben?«

»Ja. Und weißt du noch, wie besessen er immer von Japan war? Jetzt ist er plötzlich wie ausgewechselt, er kümmert sich überhaupt nicht mehr um das ganze japanische Zeug und fährt stattdessen voll auf New Orleans ab. Ich schwöre, demnächst legt er sich noch einen Südstaatenakzent zu.«

Darüber müssen wir beide lachen.

»Weißt du ... ich ... äh ... Dein Vater ... ich meine ... er war doch nie da. Und er war so fies zu deiner Mutter ... und zu dir auch ... ehrlich gesagt. Vielleicht seid ihr ohne ihn besser dran?«

»Das habe ich meiner Mutter auch gesagt«, erwidert sie. »Ich wusste, dass du es verstehst.«

Sie nimmt meine Hand eine Sekunde lang in ihre, und die Berührung ist warm und prickelt in meinem ganzen Körper.

»Es tut mir leid für dich. Das muss hart sein.«

»Danke.« Sie legt den Kopf auf die Seite. »Immerhin«, fügt sie hinzu, »sind wir jetzt wieder hier, stimmt's?«

Ich nicke und denke, dass ich mich so langsam mal darum kümmern sollte, mir was zu Essen zu organisieren – denn die Übelkeit lässt nicht nach. Mein Magen schmerzt immer noch, und die Adern in meinem Kopf fühlen sich verdammt geschwollen an und drücken auf meine Schläfen. Mit jedem Herzschlag spannen sie sich noch stärker an, und wenn ich die Augen schließe, sehe ich ein grelles Licht im Dunkeln flackern.

»Hey, ist alles okay mit dir?«, fragt sie.

»Ja … nein«, sage ich und stehe so langsam wie möglich auf, um nichts Peinliches zu tun, zum Beispiel in Ohnmacht zu fallen. »Mir geht's gut. Willst du … willst du vielleicht was essen?«

»Okay«, sagt sie lächelnd.

»Ich kann uns hier was machen«, sage ich, weil ich sie nicht drängen möchte, die Party zu verlassen, »oder wir gehen rüber ins Video Café. Das hat vierundzwanzig Stunden geöffnet.«

Sie nickt. »Okay, dann machen wir doch das.«

Ihr Körper streift meinen, und ich spüre, wie mir von dieser leichten Berührung warm wird. Der faulige Geruch ist weg, und ich denke, vielleicht geht ja einfach alles gut. Immerhin scheint sie noch die gleiche zu sein. Ich meine, anders – aber doch die gleiche. Die gleiche Eliza. Und ich denke, vielleicht habe ich mich ja auch gar nicht so sehr verändert.

Es ist genau wie früher.

Doch dann geht die Tür auf, und ein paar Jungs mit Plastikbechern strömen in den Hof. Es sind Typen aus der Zwölften, die ich nur vom Sehen kenne, aber heute, vermutlich weil Eliza so verdammt gut aussieht, wollen sie mit uns reden. Einer kennt sogar meinen Namen.

»Hey, was geht ab, Miles? Wen hast du denn da mitgebracht?«

Er ist total voll, aber trotzdem attraktiv, glaube ich. Zumindest denke ich, dass Eliza ihn attraktiv findet. Seine Haare sind an den Seiten abrasiert und oben länger und ragen in einer Tolle nach vorn. Seine Zähne strahlen weiß in der Dunkelheit, und er lächelt und streckt eine Hand aus, um Elizas zu schütteln.

»Hey, ich bin Kevin«, sagt er.

Sie schüttelt seine Hand, und dann stellen die anderen Typen sich ebenfalls vor – ihr, nicht mir.

Ich merke mir keinen der Namen.

Dann zieht ein Typ mit so einem blöden Hipster-Strohhut einen Joint hinterm Ohr hervor und fragt, ob wir mitrauchen wollen.

Eliza lehnt sich an mich und schaut zu mir hoch, als hoffe sie auf meine Zustimmung, als wäre es meine Entscheidung – wahrscheinlich, weil ich es war, der unbedingt hier weg wollte.

»Klar, kein Ding«, sage ich, und sie lächelt und schmiegt sich an mich. Der Typ zündet die Tüte an, und ich habe plötzlich das Gefühl, als würde mir jemand von beiden Seiten Nägel ins Gehirn schlagen, und presse die Handfläche gegen die Stirn.

Eliza zieht an dem Joint, und dann hustet sie total niedlich und die ganzen Typen lachen.

Sie zieht noch einmal, dann gibt sie ihn weiter, stellt sich auf die Zehenspitzen und flüstert mir ins Ohr: »Hey, sollen wir jetzt ins Café gehen?«

Wir gehen gemeinsam durch das Eisentor und die Straße hinunter an der Buchsbaumhecke entlang, die den Golfplatz umgibt.

Hier an der Straße ist es nicht so geschützt wie auf Prestons Hof, der Wind weht noch stärker, und ich zittere.

»Hier«, sagt sie und will mir den Parka zurückgeben.

Ich möchte ihn nehmen, aber ich habe Angst, dass sie mich für einen Schwächling hält.

»Ist schon okay«, sage ich. »Du kannst ihn behalten.«

Die Kälte kriecht tief in mich hinein, und die Kopfschmerzen sind noch schlimmer, das Hämmern ist noch stärker geworden, so dass ich kaum die Augen offen halten kann.

Ich werfe die Zigarette weg, aber auch das bringt nichts, und so sehr ich mit ihr zusammen sein will, frage ich mich plötzlich, ob ich nicht besser nach Hause gehen und mich hinlegen sollte.

Ich bleibe stehen, beuge mich vor und hole tief Luft. Ich beiße die Zähne zusammen, lege die Hände auf die Knie und sage: »Hey, Eliza, es tut mir leid. Ich will mit dir reden und essen gehen und alles. Ehrlich, und ... und es ist so cool, dich zu sehen, aber ich habe echt krasse Kopfschmerzen. Ich glaube, das sind die ganzen Tabletten ...«

Ich zwinge mich, die Augen zu öffnen, ich sehe sie lächeln, und ihre Zähne sind so weiß und gerade und perfekt.

»Ja, du siehst wirklich ein bisschen fertig aus.«

Ich atme mühsam. »Es tut mir so leid, Liza.«

Sie nickt. »Mach dir keine Sorgen, ich verstehe das. Ruh dich lieber aus. Es ist nur so schön, dich wiederzusehen. Und, also ... äh ... Miles, ich weiß, dass ich dich damals schrecklich behandelt habe. Echt, ich weiß nicht, wie du es mit mir ausgehalten hast, aber es tut mir unglaublich leid.«

»Nein, bitte«, sage ich heiser, und ich muss mich räuspern, bevor ich weitersprechen kann. »Du musst dich nicht entschuldigen. Ich verstehe das. Und ich musste dich nicht aushalten. Ich habe dich – ich meine, ich ... habe echt gerne Zeit mit dir verbracht.«

Sie nimmt kurz meine Hand und wieder spüre ich die Berührung im ganzen Körper.

Der Wind klingt, als würde das Meer in den Baumwipfeln rauschen.

Die Nebelleuchte strahlt aus der Bucht herüber gegen den dunklen Umriss von Elizas Körper, der sich an meinen presst.

»Ich glaube, ich hatte damals einfach Angst«, sagt sie und schaut mir gerade in die Augen.

Ich lache schnaubend. »Angst vor mir?«

»Ja. Du warst immer so perfekt und so. Du hattest eine perfekte Familie und du warst so ... so gut ... so lieb ... so *perfekt* eben.«

Ich starre zu Boden, auf das größer werdende Loch an der Seite meines Stiefels, durch das ich meine schwarze Socke sehen kann.

»Tja, nicht mehr. Jetzt bin ich nur noch verrückt.«

Sie blickt zu mir auf, ihre Augen blinzeln, und sie flüstert: »Ich mag dich so sehr, Miles. Ich habe dich immer gemocht.«

Sie stellt sich auf die Zehenspitzen, und plötzlich presst sie ihre vollen Lippen auf meine und küsst mich.

Es geht so schnell, dass ich jede verdammte Sekunde festhalten will. Ich meine, ich habe auf diesen Kuss mit Eliza mein Leben lang gewartet, aber jetzt, wo es endlich so weit ist, schnürt er mir irgendwie die Luft ab. Wir schieben unsere Zungen rein und raus, aber der Sauerstoffmangel in meinem Gehirn lässt meine Adern noch stärker anschwellen und pochen und drücken. Mir ist schwindelig und etwas kratzt hinten in meiner Kehle und ich muss sie wegstoßen.

Ich falle auf die Knie, hart auf das Pflaster, und muss mich heftig übergeben.

»Oh Gott! Was ist mit dir?«, kreischt sie.

Ich muss mich wieder und wieder übergeben, ich würge und spucke faserige Stücke, die ich nicht bestimmen kann – wie zerfetzter Tang und Seegras, grün und rötlich und lila.

Uaaagh ist das Geräusch, das ich mache. Und dann: »Oh Gott, es tut mir so leid.«

Und dann muss ich mich wieder übergeben.

Ich liege mit dem Gesicht auf dem kalten, rauen Beton.

Ich spucke und schlage mit der Faust auf den Boden.

»Geh weg«, sage ich schließlich. »Es tut mir leid. Bitte.«

Ihre Stimme klingt hysterisch. »Nein. Ich lasse dich nicht allein.«

Aber überall ist Erbrochenes, und mir ist so schlecht und

ich ekele mich so vor mir selbst, dass ich sie anschreie: »Ich will, dass du gehst, klar? Geh einfach.«

Sie macht einen Schritt zurück.

»GEH!«, brülle ich.

Es hört sich an, als ob sie in Tränen ausbricht.

Und dann höre ich, wie ihre Stiefel die Straße hoch und von mir weglaufen.

15

Irgendjemand ruft nach mir, und ich drehe mich weg, wütend, weil ich einfach nur meine Ruhe haben will.

»Es geht mir gut«, stöhne ich und versuche, auf die Füße zu kommen.

»Oh Gott«, sagt die Stimme. »Was ist passiert?«

Ich drehe mich um und sehe Jackie. Sie trägt eine Wollmütze, Handschuhe und einen großen Strickpulli, und sie kommt auf mich zu.

»Nichts«, sage ich. »Alles in Ordnung.«

Sie lächelt und zittert, verschränkt die Arme und sagt: »Brrr, verdammt kalt hier draußen. Komm wieder rein. Wir können uns zusammen in Prestons Zimmer verkriechen.«

Über uns geht die Straßenlaterne an und hüllt Jackie in dem aufsteigenden Nebel in warmes Licht. Sie greift nach meiner Hand und ich ziehe sie nicht weg. Nicht vor ihr.

»Mir ist nicht gut«, murmele ich. »Ich musste kotzen.«

»Oh Mann, Scheiße. Komm mit. Wir machen dich sauber.«

Ich zünde mir mit zitternden Fingern eine Zigarette an, und Jackie nimmt sich eine aus meinem Päckchen.

»Ich muss nach Hause.«

»Dann fahre ich dich.«

»Sicher?«

»Ja, klar.«

»Was machst du überhaupt hier draußen?«, frage ich. »Hast du mit Eliza gesprochen?«

Sie redet langsam, wie mit einem Kind – das ich vermutlich auch irgendwie bin. »Ja. Ich bin ihr am Eingang über den Weg gelaufen. Sie hat mir gesagt, dass es dir nicht gutgeht.«

»Na toll.«

»Ich brauchte sowieso eine Ausrede, um abzuhauen.«

»Du meinst, von der Party?«

»Ja, ja ... von der Party. Und, ich weiß nicht ... von Preston auch.«

Wir überqueren vor dem Golfplatz die Straße und laufen über den sorgfältig getrimmten Rasen zu ihrem kleinen VW.

Ich habe das Mädchen meiner Träume angekotzt und mich bis auf die Knochen blamiert, aber wenigstens habe ich Jackie.

Und sie hat mich.

Ich laufe schnell rüber auf die Beifahrerseite. Mein Shirt ist immer noch voller Erbrochenem. Und ich will immer noch so verdammt gerne weinen.

16

Als ich nach Hause komme, ist meine Mutter noch wach – sie sitzt im Dunkeln, trinkt ein Glas Weißwein und schaut sich zum millionsten Mal *Frau ohne Gewissen* an. Sie wirkt ein bisschen betrunken, als ich hereinstolpere, und vermutlich rastet sie nur deshalb bei meinem Anblick nicht so aus, wie sie es sonst täte. Denn dass ich in diesem Zustand und mit vollgekotztem T-Shirt nach Hause komme, würde sie normalerweise in Panik versetzen. Meine Mutter kann echt überhaupt nicht mit Krisensituationen umgehen. Sie dreht total durch – von Null auf totale Hysterie in ungefähr einer halben Sekunde.

Doch heute Abend bleibt sie überraschend ruhig.

Sie hält den Film an, kommt zu mir und legt mir ihre kühle Hand auf die heiße Stirn.

»Ich glaube, du hast Fieber. Ist alles in Ordnung mit dir? Was ist passiert?«

Ihr Geruch ist so vertraut und beruhigend, dass mir kurz der Atem stockt. »Ich musste kotzen«, sage ich, und dann breche ich in Tränen aus.

»Oh mein Schatz, komm mal her«, sagt sie und nimmt mich in den Arm.

»Ich bin total eklig.«

Sie sagt, ich soll mir keine Sorgen machen, und ich weine in ihr Sweatshirt und ihre Wärme und fühle mich so müde – so vollkommen erschöpft.

»Was ist passiert?«, fragt sie. »Hast du getrunken?«

Ich schniefe. »Nein, es sind die Tabletten. Ich habe vergessen, vor der Party was zu essen und habe die Pillen alle auf einmal genommen und ... dann ist mir schlecht geworden.«

»He«, sagt sie, küsst mich auf den Scheitel und macht sanft »schh, schh«. »Das passiert jedem mal, okay? Sei nicht so streng mit dir.«

Klar, denke ich, *alle möglichen Leute nehmen ihre Psychopillen alle auf einmal und vermasseln sich ihre einzige Chance bei dem Mädchen, von dem sie so ungefähr ihr ganzes Leben lang geträumt haben, indem sie es ankotzen.*

Kommt andauernd vor.

Ich würde am liebsten in unserem Garten ein Loch buddeln und mich darin zusammenrollen und liegen bleiben, bis nichts mehr von mir übrig ist.

»So«, flüstert sie, »du gehst jetzt unter die Dusche, und ich mache dir was zu Essen, in Ordnung?«

»Das ist nicht nötig.«

»Du musst etwas essen«, sagt sie. »Das ist doch kein Aufwand.« Und dann: »Aber ... versuch bitte, in deinem Zimmer leise zu sein. Jane wollte bei dir schlafen, weil sie schlecht geträumt hat. Okay?«

Ich nicke.

Ist ja auch logisch; sie hat mit Teddy ein Zimmer geteilt, seit sie drei Jahre alt war. Kein Wunder, dass sie da nicht schlafen kann.

Ich gehe in mein Zimmer und schaffe es, einen Schlafanzug aus der Schublade zu ziehen, ohne Janey zu wecken. Das Geräusch ihres Atems in der Dunkelheit ist weich und beruhigend.

Bis ich geduscht bin, die Zähne geputzt und den Schlafanzug angezogen habe, hat meine Mutter mir ein überbackenes Käsesandwich und einen heißen Kakao gemacht. Ich bedanke mich, und wir setzen uns zusammen aufs Sofa. Meine Mutter lässt den Film weiterlaufen, und ich esse schweigend und lehne mich an sie.

Fred MacMurray steigt die Stufen zu Barbara Stanwycks spanisch angehauchtem Haus im Los Angeles der vierziger Jahre hinauf. Als er klingelt, weiß ich, was sie sagen wird. Und ich weiß, dass sie ihn bis zum Ende des Films umgebracht haben wird.

Ich konzentriere mich auf den Film und versuche, an nichts anderes zu denken. Fred MacMurray wird sich breitschlagen lassen, einen Mord für diese Frau zu begehen, die er kaum kennt – aber in die er schon hoffnungslos verliebt ist. Das Geld ist für ihn nebensächlich. Er denkt nur an sie – und sie denkt nur an sich. Eine alte Geschichte. Adam wird von Eva verführt, in den Apfel zu beißen.

Die schwarzweißen Bilder flackern über den Bildschirm.

Meine Mutter flüstert: »Ich habe dich lieb, mein Schatz.«

Ich schließe die Augen und öffne sie wieder. »Ich dich auch, Mom.«

Wir schauen gemeinsam den Film.

Und in diesem Augenblick ist das genug.

17

Ich erwache von Janeys Schreien, noch bevor es draußen richtig hell ist. Sie schläft in meinem Bett, ich auf der Luftmatratze davor, und ich knie mich hin und lege ihr eine Hand auf die verschwitzte Stirn.

Sie strampelt und zuckt im Schlaf und schreit: »AUFHÖREN! AUFHÖREN!«

»Jane«, sage ich. »Es ist nur ein Traum.«

Ihre Augen öffnen sich langsam.

»Miles«, sagt sie und schlingt mir ihre kleinen Arme um den Hals. »Das war schrecklich.«

Sie drückt mich an sich, und ich atme ihren Geruch nach Pfefferminz und frisch gemähtem Gras ein.

»Hast du schlecht geträumt?«

Sie nickt, schiebt die Unterlippe vor und schnieft. »Haie.«

Ein Zittern durchläuft meinen Körper, als ich an den Tag am Meer denken muss – an Teddy.

»Ich habe auch Angst vor Haien«, sage ich.

Sie lächelt.

An der Wand hängen Poster verschiedener Jazzmusiker, und das Muster der Tapete sieht aus wie ein Baum, dessen Zweige an Lungen und dessen Blätter an Hunderte aufgerissener Augen erinnern. An einer Wand hängt ein Spiegel, der durch das Muster der Tapete wie ein gerahmtes Gemälde aussieht. Außerdem habe ich eine Sammlung präparierter Insekten in Glaskästen an der Wand. Vor allem Käfer und Schmetterlinge – und eine Fledermaus mit gespreizten Flügeln, die neben dem türlosen Kleiderschrank hängt. Auf meiner Kommode stehen die Nachbildung eines menschlichen Schädels und ein paar gläserne Medizinflaschen aus den zwanziger oder dreißiger Jahren.

»Hey«, sag ich, stehe auf und recke mich. »Sollen wir Kaffee und Donuts frühstücken gehen? Oder, äh, Kakao und Donuts? Ich habe ein bisschen was von meinem letzten Gehalt über.«

Sie lächelt und nickt aufgeregt. Ihre Augen hellen sich auf.

»Super«, fahre ich fort, »dann zieh dir was an und los geht's. Aber sei leise, ja? Damit du Mom und Dad nicht weckst.«

Sie wirft die Decke zurück. »Klar. Ich werde sie nicht wecken.«

In dem Flanellnachthemd, das unsere Großmutter für sie genäht hat, springt sie aus dem Bett und schleicht auf Zehenspitzen in ihr Zimmer, während ich mir etwas überziehe und in meinen dunkelblauen Mantel schlüpfe. Ich hebe die Jalousie und stelle fest, dass das hohe Gras und das wuchernde Unkraut unter dem Fenster schwer von Tau sind. Die Sonne muss noch über den Bogen der Welt im Osten klettern, aber ihre Strahlen füllen den Morgenhimmel schon mit weißem Licht, das an den Rändern grau ausläuft, da, wo es sich anstrengt, die Dunkelheit der Nacht zu besiegen.

Es wird ein klarer Tag. Das sehe ich gleich.

Keine Wolken. Kein Nebel. Die Sonne lässt am weißgrauen Himmel die Farben erwachen.

Ich fühle einen merkwürdigen Hoffnungsschimmer.

Doch dann sehe ich die Krähen auf den Telefonkabeln – sie warten und beobachten mich durchs Fenster.

Ihre schwarzen Augen springen in alle Richtungen. Sie scharren und hacken. Sie schreien. Die Kabel sind voll von ihnen, und der Himmel ist voll von Kabeln.

Janey zupft am Ärmel meines Mantels und bringt mich kurz aus der Fassung.

»Puh, guck mal, so viele Krähen.«

Ich lasse die Jalousie fallen und trete vom Fenster zurück. »Was? Was hast du gesagt?«

Sie lächelt entwaffnend. »Die Krähen. Das sind doch Krähen, oder? Oder sind das Raben?«

Ich beuge mich zu ihr. »Du siehst sie auch?«

Sie lacht. »Na klar, du Blödi.«

Ich stehe wieder auf und spüre Erleichterung.

Ich nehme ihre Hand und gehe mit ihr nach draußen in den stillen, frühen Morgen. Wir überqueren die Straße, die Sonne scheint jetzt hell, und ich denke, in diesem Moment, mit meiner Schwester, ist alles in Ordnung.

18

Der Nachmittag bei der Arbeit vergeht verdammt zäh.

Ich muss im Lager Dosen auspacken – Preise überprüfen, etikettieren und die Mengen mit der Rechnung abgleichen. Das Licht ist schlecht, und ich muss blinzeln und wünschte, ich wäre zu Hause. Ich schaue permanent auf dem Handy nach der Uhrzeit, obwohl sich meine Schicht dadurch noch mehr in die Länge zu ziehen scheint. Außerdem habe ich bei dieser stupiden Tätigkeit zu viel Zeit, die Ereignisse des gestrigen Abends in meinem Kopf ablaufen zu lassen – eine Endlosschleife, in der ich bescheuerte Dinge zu Eliza sage und sie anschließend vollkotze, wieder und wieder, noch mal und noch mal.

Ich entpacke also Dosen und versuche erfolglos, die Erinnerung auszublenden – bis ich irgendwann wieder auf mein Handy schaue und feststelle, dass ich ohne es zu hören eine neue Nachricht bekommen habe.

Von Ordell, dem Penner.

Er schreibt in Großbuchstaben: ALTER, DU HAST ELIZA LINDBERG VOLLGEKOTZT? GEIL. RUF MICH AN!!!

Ich lese die Nachricht noch mal.

Vielleicht macht mein Gehirn mir was vor – vielleicht ist

das nur so eine paranoide Wahnvorstellung wie die verdammten Krähen.

Aber dann, wie aufs Stichwort, klingelt das Handy in meiner Hand.

Noch eine Nachricht.

Im Ernst, Mann. Ruf mich an. Die ganze Schule spricht davon!!!

Wieder drei Ausrufezeichen.

Mein Herz hämmert so laut in meinen Ohren, dass alles um mich herum ausgeblendet wird. Kalter Schweiß bricht mir an Rücken und Nacken aus.

Ich nehme die Schürze ab und ziehe Pulli und Unterhemd aus, aber ich bin immer noch rot und verschwitzt, deshalb lasse ich die Dosen stehen und gehe durch die Hintertür nach draußen. Ist mir egal, ob mein Boss kommt und mich anschnauzt.

Der Tag ist klar, und der Wind ist stark, und das Licht wirkt fern und kalt und blass. Beim Gestank der großen Müllcontainer wird mir schlecht, deshalb biege ich in die Seitenstraße hinter dem Geschäft, in der nur Wohnhäuser stehen, setze mich auf den Bürgersteig und atme schwer, wiege den Körper vor und zurück. Ich wiege meinen Körper und spüre die Kälte und überlege fieberhaft, was ich tun soll.

Kann es wirklich sein, dass Eliza allen erzählt hat, was passiert ist?

Ich meine, es kümmert mich nicht besonders, was die anderen von mir denken; aber ich bin enttäuscht, dass sie mich nicht – ich weiß auch nicht – vor ihnen beschützen wollte.

Ich zünde mir eine Zigarette an, der Rauch füllt meine Lungen, und meine Finger zucken.

Die Krähen sitzen auf den Ästen der kahlen, dürren Bäume am Straßenrand. Die Kabel laufen kreuz und quer über die weiß verputzten Apartmenthäuser und knistern.

Ich schließe und öffne die Augen. Ich versuche die Bilder zu vertreiben, aber es bringt nichts. Meine Gedanken laufen aus wie ein Wollknäuel, das eine endlose Treppe hinunterrollt.

Mitten auf der Straße liegt ein totes Eichhörnchen, und die Krähen picken in dem blutigen Kadaver herum und zanken sich um die besten Stücke.

Ich drehe mich weg und rauche und versuche, mich auf die Kälte und den Wind und den körnigen Asphalt unter meinen Stiefeln zu konzentrieren. Der Bordstein, auf dem ich sitze, ist dunkelgrün gestrichen, aber die Farbe ist ausgeblichen und fehlt an einigen Stellen ganz.

Ein Auto fährt die Straße entlang, und ich drehe mich um und sehe, wie die Krähen kurz auseinanderjagen – nur um sich Sekunden später wieder um das zerfetzte Tier zu scharen.

Ich stehe auf und stampfe mit dem Fuß auf.

»HAUT AB!«, schreie ich und spüre plötzlich aus dem Nichts heraus eine Welle des Zorns. »HAUT AB! VERSCHWINDET!«

Ohne nachzudenken renne ich auf die Straße und schreie noch lauter, und die Krähen kreischen mich an und flattern weg.

Ich stehe über dem leblosen Körper des Eichhörnchens

und balle die Fäuste, wie um den Krähen zu drohen, bloß nicht wiederzukommen.

Aber sie kommen nicht.

Mein Handy vibriert in meiner Tasche, und als ich es rausziehe, sehe ich, dass es Preston ist.

Ich beschließe, dass mir das gerade zu viel ist und gehe nicht dran. Wenige Sekunden später piept das Handy erneut. Eine SMS. Von Preston.

Hey, alles in Ordnung? Habe Eliza deine Nummer gegeben, hoffe das war o.k. Bist du krank???

Darüber muss ich lachen.

Drei Fragezeichen.

Ich schreibe nicht zurück.

Ich rauche meine Zigarette auf und gehe wieder rein.

Die Kisten warten.

Aber das alles ist natürlich egal, im Vergleich zu Teddy.

Ich weiß das.

Ich weiß.

Aber es tut trotzdem verdammt weh.

Deshalb versuche ich zu überlegen, was zum Teufel ich tun soll.

19

Als ich nach Hause komme, ist die Sonne beinahe untergegangen, und die hellsten Sterne leuchten schon durch die fallende Dunkelheit und den schwachen orangefarbenen Schein über der Stadt.

Weil Janey und ich die Filme, die ich geliehen habe (*Harold und Maude* und *Willkommen Mr Chance*, mein Lieblingsfilm von Hal Ashby), erst nach dem Abendessen schauen können, setzen wir uns an den Klapptisch neben dem Kamin und zeichnen. Die Zeichnung ist Teil eines größeren Projekts. Ich meine, es ist eigentlich ziemlich albern, aber wir versuchen, zusammen einen Comic zu machen. Die Story hat Janey sich ausgedacht – es geht um zwei Flapper Girls aus den Zwanzigern namens Mabel und Pearl. Janey zeichnet ehrlich gesagt viel besser als ich. Aber ich gebe mir Mühe.

Meine Mutter ist anscheinend mit einer Schlaftablette ins Bett gegangen, also lege ich die Washington-Phillips-Platte auf, die ich neulich bei Amoeba gekauft habe. Ich weiß nicht, was meine Mutter gemeint hat. Die Musik ist überhaupt nicht deprimierend. Im Gegenteil, der Typ muss ein Priester oder so was gewesen sein, in jedem Song geht es um Gott und Jesus und wie gut es allen im Himmel gehen wird. Ich wünschte, ich könnte an so etwas glauben. Außerdem ist die Stimme des Mannes so süß und rein und schön.

Es ist ein gutes Album.

»Hey, wenn dir die Platte gefällt, dann solltest du dir auch mal diese hier anhören.«

Mein Dad kommt ins Wohnzimmer und kniet sich neben den dunklen Holzschrank, in dem er seine Plattensammlung aufbewahrt.

»Hier«, sagt er und legt mehrere Alben neben unsere Zeichnung auf den Tisch.

Mein Dad trägt ein langes Kragenhemd, die Ärmel bis zu den Ellbogen hochgekrempelt und die oberen Knöpfe geöffnet, eine Schlafanzughose und weiche, kuschelige Hausschuhe. Die Hose ist ein bisschen zu weit und sitzt ihm auf der Hüfte.

»Blind Willie Johnson«, sagt er und stellt sich hin, um mir eine der Platten zu zeigen. »Er war wirklich blind.«

Janeys Zahnlückenlächeln ist einfach das Größte, und mein Dad fährt ihr mit seinen großen, schwieligen Händen durch die Haare.

»Und die hier müsst ihr hören«, sagt er und gibt ihr noch eine Platte. »Robert Johnson. Es heißt, er habe einen Pakt mit dem Teufel geschlossen. So lernte er den Blues zu spielen.«

»Wow«, sagt Janey. »Können wir die jetzt hören?«

»Klar.«

»Gib her, ich mache das«, sage ich zu meinem Dad. Ich nehme die Platte und gehe damit zum Plattenspieler.

»Habt ihr zwei Hunger?«

»Ja«, sagt Janey.

»Ich auch«, sage ich.

Er geht zum Kühlschrank und grummelt: »Hmmm, nicht viel los hier drin. Wie wäre es mit Rührei auf Toast? Und Bacon?«

Ich lege die Platte auf, und sie knackt laut, als die Gitarre einsetzt. Der Gesang ist schmerzvoll und klingt nach Kies und Scherben, Staub und Dreck. Er ist wunderschön.

Jane zeichnet weiter, während ich in die Küche gehe, um meinem Dad mit dem Abendessen zu helfen. Er kocht Kaffee in der Kaffeemaschine und für Janey heißen Kakao, und dann röstet er ein paar dicke Scheiben Weißbrot im Fett des Bacons und brät die Eier in derselben Pfanne. Ehrlich gesagt kann ich nicht groß was tun, nur den Tisch decken.

»Hey«, sagt mein Dad zu mir, »wenn du willst, können wir beide nachher ein bisschen Musik machen. Die alten Gitarren rausholen.«

Ich lächele. »Das wäre toll.«

Er verteilt die Toasts mit Bacon und Ei auf den Tellern, und ich schenke Kaffee und Kakao ein, und dann gehen wir rüber und schalten den Fernseher ein.

Janey sitzt neben mir auf dem Sofa und mein Dad sitzt auf dem Boden. Sonntagabends guckt er gerne die Nachrichtensendung *60 Minutes*, also schauen wir sie alle zusammen. Am Anfang sagen die beiden Moderatoren jedes Mal: »Ich bin Steve Kroft« und »Ich bin Lesley Stahl«. Früher sprang Teddy dann immer vor den Fernseher und sagte:

»Und ich bin Teddy Cole.« Er hielt das für wahnsinnig komisch.

Jetzt reden wir immer alle zu Beginn der Sendung, damit keine Zeit bleibt, daran zu denken.

»Danke, Dad«, sagt Janey. »Der Toast ist total lecker.«

»Miles hat mir geholfen«, erwidert er, und sie sagt: »Danke, Miles.«

Und ich sage: »Gern geschehen.«

Wir gucken zusammen die Nachrichten und essen und das Feuer brennt und der Wind rüttelt am Fliegengitter an der Tür.

Es ist gerade alles so schön, hier zu sein, mit meiner Familie, ich wünschte, ich müsste mich nie wieder mit Eliza oder meinen Tabletten oder den Ärzten auseinandersetzen oder in die Schule gehen, niemals etwas anderes tun, als mit meinem Vater und meiner Schwester hier zu sein ...

Und mit Teddy, natürlich ... Teddy würde auch da sein.

Er würde mit uns die Sendung gucken, so wie früher.

Und Mom wäre auch da, so wie sie früher war.

Irgendwann wird es wieder so sein.

Irgendwann bald.

Ich gebe Janey einen Kuss auf die Stirn, nehme die leeren Teller und mache in der Küche den Abwasch. Mein Handy liegt auf der Arbeitsplatte, und ich sehe, dass das kleine blaue Licht einen verpassten Anruf anzeigt. Ich trockne mir die Hände an einem karierten Geschirrtuch ab und nehme das Telefon – obwohl ich weiß, dass ich es lieber lassen sollte, dass ich lieber bis morgen einfach alles vergessen sollte.

Aber ich kann nicht.

Ich kann das nicht.

Ich kenne die Nummer nicht, aber sie hat die Vorwahl 415, ist also aus San Francisco. Ich scrolle durch das Menü, rufe die Mailbox an und warte mit verkrampftem Bauch und angehaltenem Atem.

Ihre Stimme klingt süß und schön und sexy, sogar durch den leicht verzerrten Ton meines Handys.

Es ist natürlich Eliza.

Das sagt sie: *»Miles, hey, hier ist Eliza. Ruf mich an, okay? Es tut mir so leid, dass die Leute darüber reden. Ich wollte es niemandem sagen. Ich habe mir gestern nur solche Sorgen gemacht. Aber ich hätte die Klappe halten sollen. Kannst du mir verzeihen? Und ... ähm ... bitte. Ich möchte gerne Zeit mit dir verbringen. Und ich will nicht, dass dir das, du weißt schon, peinlich ist, okay? Du hast nichts falsch gemacht. Wollen wir morgen vielleicht einen Kaffee trinken, nach der Schule? Okay, danke, Miles. Es war so schön, dich wiederzusehen. Und ... ich weiß nicht. Scheiße ... also, ruf mich an, ja? Bis dann.«*

Ich lösche die Nachricht schnell.

Meine Hände zittern.

»Alles klar, Mie?«, ruft mein Dad aus dem Wohnzimmer.

»J-ja ... Alles klar. Komme gleich.«

»Was machst du?«, ruft Janey.

»Ach, nichts ... Ich muss noch meine Tabletten nehmen. Schaut einfach weiter. Ich bin gleich da.«

Ich lasse mein Handy in der Küche liegen, gehe ins Bad und schalte das Licht ein. Die Birne an der Decke ist kaputt, aber das kleine Licht über dem Spiegel geht nach einem Moment flackernd an. Die Fliesen auf Augenhöhe sind mit rosafarbenen Rosen und weißen Gänseblümchen bemalt. Das Waschbecken ist schmutzig, und der Wasserhahn hat weiße Kalkflecken. Ich öffne die oberste Schublade und nehme die kleinen Glasflaschen heraus. Fluoxetine, 60 mg am Tag, ähnlich wie Prozac, ein Antidepressivum, und dann Lamictal, 200 mg am Tag, ein Stimmungsstabilisator. Dann Lithium, 800 mg am Tag, und Depakote, 300 mg am Tag, die etwas aufbauen, das man graue Zellen nennt, was auch immer das ist, soll gegen die schnellen paranoiden Gedanken und die Wahnvorstellungen helfen. Und dann Abilify, 10 mg am Tag, speziell gegen Schizophrenie. Und Zyprexa, 10 mg am Tag, das letzte Medikament, das mir verschrieben wurde. Es sorgt angeblich dafür, dass man eine Tonne zunimmt, aber auf mich trifft das nicht zu. Ich bin nur Haut und Knochen.

Der Spiegel reflektiert meine eingesunkenen Wangen, meine geschwollenen, blutunterlaufenen Augen. Die Farbe um meine Pupillen ist ein goldgelbes Braun. Ich starre mir in die Augen. Ich drehe den Hahn auf, damit das Wasser eine Weile laufen kann. Neben den Zahnbürsten steht ein leerer Becher, den ich mit Wasser fülle. Über mir flackert das Licht.

Als ich die Augen schließe, sehe ich Eliza vor mir, wie sie gestern aussah. Ich sehe, wie sie lächelt und sich vorbeugt, um mich zu küssen. Ich sehe sie und strecke die Hand nach ihrer Hand aus und nehme sie in meine. Ich kann sie riechen. Ich atme tief ein und sauge ihren Duft in Mund und Nase und ziehe ihn in Lungen und Bauch.

Ich erinnere mich deutlich an diesen Geruch von damals, als wir Kinder waren. Ich erinnere mich, wie Eliza einmal im Auto einschlief, als wir mit ihren Eltern am Strand gewesen waren, den Kopf auf meiner Schulter, ihre Haare an meinem Mund, und ich mir wünschte, dass sie für immer so schlafen würde.

Aber letzte Nacht hätte es noch besser werden können.

Letzte Nacht hat sie mich sogar geküsst.

Es ist wirklich passiert.

Ich öffne die Augen.

Ich kann ihre Nähe immer noch spüren.

Und ich will sie weiterhin spüren.

Mehr als alles andere.

Vielleicht kann ich irgendwann, wenn ich Teddy gefunden habe und er wohlbehalten bei uns zu Hause ist, anfangen, mir über Mädchen Gedanken zu machen und über das ganze normale Teenagerzeug.

Aber das muss warten.

Ich betrachte die aufgereihten Flaschen auf dem Waschbeckenrand.

Allein der Gedanke an die Pillen in meinem Hals, an den Geschmack, wenn sie sich in meinem Mund auflösen, während ich versuche zu schlucken – das ist schon genug, dass ich auf der Stelle kotzen könnte.

Ich schütte mir die vier Kapseln mit dem feinen Lithiumpulver auf die Handfläche. Sie glänzen in einem fahlen, kränklichen Rosa und haben winzige Ziffern an der Mittelfalz.

Ich stecke mir die Pillen in den Mund und beginne zu

schlucken, aber sie scheinen festzustecken, und ich huste und würge.

Ich versuche wieder zu schlucken, aber ich kann nicht. Ich kann das nicht.

Ich würge und spucke die Pillen ins Waschbecken.

»Scheiße«, keuche ich und schnappe nach Luft.

Ich nehme die sich bereits auflösenden Tabletten und werfe sie in den Müll. Dann öffne ich jede einzelne Pillenflasche und leere den gesamten Inhalt in die Toilette. Ich spüle – sogar zweimal, weil sie beim ersten Mal nicht alle runtergehen.

Ich spritze mir Wasser ins Gesicht und drehe den Hahn zu.

»Ich kann nicht«, erkläre ich meinem Spiegelbild und schüttele den Kopf. »Ich kann das nicht mehr.«

Ich trockne mir das Gesicht an einem zerschlissenen Handtuch ab, das über der Dusche hängt.

Ich lösche das Licht und schließe die Tür.

Die Medikamente sind weg.

Jetzt bin ich bereit, hier alles wieder in Ordnung zu bringen – zu Hause – für meine Familie.

Morgen gehe ich zur Polizei.

Ich werde mit Detective Marshall sprechen.

Und alles in Ordnung bringen.

20

Das Hauptkommissariat von San Francisco befindet sich an der Grenze zwischen North Beach und Chinatown, in einem unscheinbaren zweigeschossigen Gebäude neben einem namenlosen Spirituosengeschäft und direkt gegenüber von zwei Stripclubs, *Big Al's* und dem *Garten Eden*.

North Beach ist vielleicht mein liebstes Stadtviertel. Es ist zwar etwas touristisch, aber das liegt eben daran, dass es so schön ist. Ich war noch nie in Europa, aber aus Filmen habe ich den Eindruck, dass es dort ein bisschen wie in North Beach aussehen muss. Die Straßen sind sehr schmal und schlängeln sich kreuz und quer die steilen, unübersichtlichen Hügel bis zum Coit Tower hoch. Die Gebäude im viktorianischen Stil, die Cafés und Bistros drängen sich dicht aneinander.

Es gibt einige große alte Kirchen aus weißem Marmor, die von steinernen Kirchhöfen umgeben sind. Bevor Jane und Teddy zur Welt kamen, wohnten meine Eltern und ich hier ganz in der Nähe. Mein Vater ging immer mit mir im Washington Square Park spazieren, und dann setzten wir uns ins Café Trieste, und er schrieb, während ich malte und Kakao trank und diese runden Himbeergebäckstücke futterte, die es dort gibt.

Jetzt fällt mir ein, dass mein Vater mich, als ich älter war, jeden Sonntag mit Eliza in dieses Café mitnahm, damit wir dort Opernmusik hören konnten, während er an seinen Artikeln schrieb. Als ich jetzt nach der Schule – wo ich mich so ziemlich den ganzen Tag versteckt habe – durch North Beach gehe, muss ich an diese Zeit mit Eliza zurückdenken.

Es ist erst kurz nach drei, aber die Sonne steht schon tief, bald wird sie hinter den Hochhäusern untergehen, die den Hafen im Westen säumen. Alles liegt in grauem Schatten, der Wind fegt die Straßen sauber und Tauben huschen wie Ratten über den Bürgersteig.

Ich zünde mir eine Zigarette an und trete sie gleich wieder aus, als ich die Bullen sehe, die vor dem Polizeirevier rumstehen – ich bin schließlich noch unter achtzehn und würde vermutlich eine Anzeige kriegen oder so. Die Polizisten unterhalten sich laut, trinken Kaffee aus Styroporbechern, und ihre Uniformen wirken frisch gebügelt und gestärkt. Die ganze Straße entlang parken Polizeiwagen, stellenweise sogar in zweiter Reihe.

Im Revier empfangen mich billige Fliesen, farblose, durchgetretene Teppichböden und dunkle Holzvertäfelungen. An den Wänden hängen Werbeplakate, auf denen verschiedene Leistungen der Polizei angepriesen werden, und jede Menge Poster von vermissten Personen und Fahndungsfotos. Im hinteren Teil des Eingangsbereichs befindet sich ein Empfangstisch, an dem eine kräftige Frau in leuchtendblauer Polizeiuniform hinter einem uralten Computer sitzt. Es stehen zwei Holzbänke davor, aber überraschenderweise scheint niemand zu warten.

Ein großer Cop mit einem gigantischen Schnurrbart stürmt an mir vorbei und rennt mich fast über den Haufen.

»He, pass doch auf«, knurrt er. »Steh nicht in der Tür rum.«

Ich atme tief ein, halte die Luft an und gehe zu der Frau am Empfangstisch, die Augen zu Boden gerichtet. Mein Herz schlägt schnell und hart.

»Was kann ich für dich tun?«, fragt die Frau ohne aufzublicken.

Der Computerbildschirm erhellt ihr breites Gesicht, und in der großen gerahmten Kopie der Antidiskriminierungssatzung an der Wand hinter ihr sehe ich die Spieglung irgendeiner Tabelle. Die Frau hat kurze silbergraue Haare und dicke buschige Augenbrauen und einen ansehnlichen Pelz über der Oberlippe. Ihre Mundwinkel sind heruntergezogen, und tiefe Furchen umgeben die Augen und ziehen sich über die blasse, wächserne Stirn.

»Ja? Was gibt's?«, fragt sie erneut. »Was willst du?«

»Ich ... ich ...« Meine Stimme zittert, obwohl es dazu eigentlich keinen Grund gibt. Ich bin vermutlich einfach nervös. Nervös, über Teddy zu sprechen.

»Spuck's aus, Kleiner, ich habe nicht den ganzen Tag Zeit.« Sie spricht mit monotoner Stimme, haut weiter in die Tasten und sieht mich nicht an.

»Ich ... ich ... Ich bin hier, um mit ... Detective Marshall zu sprechen ... Detective Kerry Marshall.«

Der Kopf der Frau bewegt sich langsam vor und zurück, und ihre Augen kleben am Bildschirm. »Tja. Detective Marshall ist letztes Jahr nach Santa Clara versetzt worden.«

Mein Atem stockt und ich weiche instinktiv einen Schritt zurück. »Wa... was meinen Sie?«

»Er wurde versetzt«, sagt sie ohne jede Betonung. »Detective William Demarest hat seine Fälle übernommen. Möchtest du mit Detective Demarest sprechen?«

»Ich ... ich weißt nicht. Äh ... erinnern Sie sich an den Fall des kleinen Jungen, der am Ocean Beach verschwunden ist?«

Sie tippt weiter und sieht mich noch immer nicht an. »Tja, es verschwinden leider so einige Kinder.«

»Ja, aber das war Detective Marshalls Fall. Ein Junge, Teddy Cole, wurde vor zwei Jahren am Ocean Beach entführt. Es war in allen Zeitungen. Teddy Bryant Cole.«

Endlich hört die Frau auf. Sie nimmt die Finger von der Tastatur und sieht mich zum ersten Mal richtig an. Ihre Augen mustern mich. Ein Hauch Farbe hinter dem tristen Grau ihrer Augen.

»Teddy Bryant ... Der Fall wurde nie aufgeklärt.«

»Nein«, sage ich schüchtern. »Deshalb wollte ich mit Detective Marshall sprechen. Teddy Bryant Cole ist mein Bruder.«

Die Frau schüttelt den Kopf und presst die Lippen zusammen.

»Das tut mir leid«, sagt sie. »Mein allerherzlichstes Beileid.«

Meine Nasenlöcher zittern, und ich beiße die Zähne zusammen.

Teddy ist nicht tot, will ich sagen, aber sie unterbricht mich: »Ich bin sicher, Detective Demarest empfängt dich gern.

Bitte warte einen Augenblick hier.« Sie deutet mit dem Kopf auf die leeren Bänke.

Ich nicke. »Ja, okay. Danke.«

»Es dauert nur einen Moment.« Sie lächelt wieder und entblößt eine Reihe fleckiger gelber Zähne.

Ich sitze mit verschränkten Beinen auf der Bank und warte.

Vom Eingang her ertönen laute Schreie, als die Türen aufgestoßen werden und zwei Polizisten, ein Mann und eine Frau, einen brüllenden, an Händen und Füßen gefesselten Mann hereintragen.

»Verdammte Arschlöcher!«, schreit er.

Zwei weitere Männer werden auf die gleiche Art hereingebracht, und alle drei schreien zusammen.

»Ihr Arschlöcher! Ihr Wichser!«

In diesem Augenblick kommt die Frau zurück, gefolgt von einem extrem kleinen Mann mit kurzgeschorenen Haaren in einem dunklen Anzug und mit dunkler Krawatte. Der Mann stellt sich als Detective William Demarest vor, aber er sagt, ich solle ihn Bill nennen. Ich schüttele seine Hand und bedanke mich bei der Frau, die mir zulächelt, bevor sie zurück an ihren Schreibtisch geht.

Detective Demarest – Bill – bittet mich mitzukommen, und ich folge ihm durch eine Seitentür, weg von den drei gefesselten, Beleidigungen brüllenden Männern.

»E-es tut mir leid«, stottere ich, während wir den engen Gang entlang – und an unzähligen identischen fensterlosen Büros vorbeigehen, an deren Türen Namensschilder hängen. »Sie haben bestimmt viel zu tun.«

An den Wänden stehen Vitrinen mit Pokalen, und alle möglichen gerahmten Abzeichen hängen an der vergilbten Tapete.

»O ja, viel zu viel«, sagt er in einer dröhnenden Bassstimme. »Manchmal geht es hier drunter und drüber. Die Stadt ist voll von ihnen – Verrückten, meine ich. Ich arbeite seit fünfundzwanzig Jahren hier und habe mich immer noch nicht daran gewöhnt. Werde ich wohl auch nie. Ich dachte, von der Mordkommission zur Vermisstenstelle zu wechseln, würde es etwas erleichtern. Keine Ahnung, wie ich darauf gekommen bin.«

Er biegt in das Büro mit seinem Namen an der Tür, und ich folge ihm.

»Setz dich«, fordert er mich auf und zeigt auf den einzigen Stuhl im Raum.

»Äh ... sicher?«, frage ich, denn es gibt wirklich keine andere Sitzgelegenheit.

»Ja, ja, nimm Platz. Mir macht das nichts. Hier ...« Er legt einen Stapel Papiere auf den Boden, schiebt die Lampe zur Seite und hockt sich auf die Schreibtischkante, so dass er mit den baumelnden Beinen wie ein kleiner Junge aussieht oder wie Kermit der Frosch.

Bis auf den Tisch, die Lampe und den Stuhl befindet sich in dem Büro nichts als gestapelte Karteikästen. Die Wände sind leer, und auf dem Fußboden ist kein Zentimeter frei.

»Nimm Platz«, wiederholt er.

Also setze ich mich, nehme meinen Rucksack auf den Schoß und lehne mich gegen den harten Metallstuhl.

»Sind Sie gerade erst in dieses Büro gezogen?«, frage ich wie ein Idiot, weil ich nicht weiß, was ich sonst sagen soll.

Er lacht gutmütig und fährt sich mit der dicklichen Hand durch das spärliche Haar. Seine Nase ist breit, und er hat eine Narbe quer übers Kinn, als hätte ihn jemand zerlegen wollen.

»Könnte man denken, so wie es hier aussieht, was?«, sagt er lächelnd. »Nein. Ich bin schon ein Jahr hier. Ich habe Detective Marshalls Position übernommen. Kanntest du ihn?«

»N-nein. Aber er hat den Fall meines Bruders bearbeitet.«

Demarest nickt, immer noch lächelnd. »Ja, ja. Louise hat es mir gesagt. Mal sehen, schauen wir mal in seine Akte. Es tut mir sehr leid, mein Junge. Ich weiß, was deine Familie durchmacht.«

Er wühlt in den Kisten, die überall herumstehen.

»Ob du es glaubst oder nicht, ich habe mein eigenes System. Ich konnte die Akten hier gerade so reinquetschen. Nur ... manchmal trickse ich mich selbst aus, weißt du, was ich meine? Ich denke mich selbst in die Ecke. Passiert dir das auch manchmal?«

Er dreht sich zu mir, als wollte er die Antwort auf seine Frage in meinem Gesicht lesen.

»Nein, nein, du bestimmt nicht. Du bist clever, wette ich, du legst immer alles an seinen Platz zurück. Habe ich recht?«

Er sucht weiter, während ich versuche, etwas zu sagen.

»Ich ... Ich ... Ich ...«

»Ach, ist schon in Ordnung«, sagt er. »Ich habe großen Respekt vor Organisationstalent. Detective Marshall zum Beispiel, der vor mir hier war. Der hat die detailliertesten Notizen gemacht, die ich in meinem ganzen besch-« Er räuspert sich. »Bescheuerten. In meinem ganzen bescheuerten Berufsleben gelesen habe. Und das respektiere ich. Ich bin hier reingekommen und habe mich in die Fälle eingelesen, und es war wie Literatur. William Shakespeare. Er war echt talentiert. Und organisiert! Ich, ich habe mein eigenes System. Aber manchmal –«

»Sie haben die Akte meines Bruders also gelesen?«, unterbreche ich ihn.

»Sicher, natürlich. Tragischer Fall.«

Triumphierend erhebt er sich, legt den überraschend dünnen Hefter auf den Tisch und setzt sich oben drauf.

»Ich habe auch viel zu dem Fall gelesen«, sage ich. »Und ich glaube, mein Bruder könnte noch am Leben sein. Deshalb wollte ich mit Ihnen reden. Ich habe vor ein paar Tagen mit der Zeugin gesprochen, Dotty Peterson. Sie war sich ganz sicher, dass Teddy entführt worden ist.«

Er verzieht das Gesicht und seine Wangen wabbeln wie Speck an einem Stück Fleisch. »Ah, ja. Tja, es ist leider so, dass die Frau, die Zeugin, nicht sehr, hmmm, *zuverlässig* war. Ich kann leider keine Details rausgeben, aber ihre Aussage ... war nicht wirklich stichhaltig.«

»Wie meinen Sie das?«

Er zieht die Akte unter seinem Hintern hervor und blättert gedankenverloren darin. »Tja, soweit ich weiß, ließ Detective Marshall ein Phantombild des Verdächtigen nach Miss Petersons Beschreibung anfertigen. Hier ist es.«

Es ist die Kopie einer Schwarzweißzeichnung, und ich halte sie zitternd in der Hand und starre in das Gesicht – das Gesicht des Mannes, der meinen Bruder entführt hat.

»Normalerweise gehen wir so vor, dass wir das Phantombild in Umlauf bringen und mit unserer Datenbank abgleichen. Diese Art der Entführung wird beinahe immer von Sexualstraftätern verübt. Wir haben also jeden registrierten Sexualstraftäter in einem Umkreis von dreißig Meilen überprüft. Jeder, auf den die Beschreibung passte, wurde umgehend verhört, vor allem, wenn die Möglichkeit eines früheren Kontakts zum Opfer bestand. In den meisten Fällen stellt sich heraus, dass die Verdächtigen ihr Opfer zuvor mindestens einmal gesehen haben. Oft gibt es irgendeine Art der Interaktion zwischen ihnen. Wir gleichen also alle diese Informationen ab. Und, wie ich hier sehe, haben sie auf diese Weise vier Verdächtige ausfindig gemacht. Oh ... und dann war da das Auto!«

Den letzten Satz sagt er, als wäre er überrascht, er hält einen Moment inne und liest noch einmal nach, bevor er weiterspricht.

»Genau. Die gleiche Zeugin hatte das Fahrzeug identifiziert – einen weißen Ford Explorer. Wir haben also überprüft, ob auf einen der Verdächtigen ein solcher Wagen registriert war. Scheint so, als hätte es eine Übereinstimmung gegeben, aber ...«

Er verzieht das Gesicht und blättert zur nächsten Seite.

»Tut mir leid, so wie es aussieht, hat keine der Spuren zu

etwas geführt. Und außerdem, ganz unter uns – ich meine, vertraulich –, war die Zeugin bei der Befragung nicht sehr glaubwürdig.«

Er schließt die Akte, dann greift er in die Jackentasche und holt ein Päckchen Kaugummi heraus. Pfefferminz, glaube ich.

»Kaugummi?«, fragt er und hält mir die Packung hin.

»Nein, danke.«

Er nimmt sich eins und wickelt es aus. »Ich habe vor einem halben Jahr mit dem Rauchen aufgehört«, sagt er bitter. Er kaut auf seinem Kaugummi und sagt schließlich: »Tut mit leid, ich muss jetzt wirklich wieder an die Arbeit. Kann ich sonst noch etwas für dich tun?«

»Nein«, erwidere ich und senke den Kopf. »Ich wollte nur wissen, ob es irgendetwas Neues gibt. Könnte ich mir die Akte vielleicht mal ansehen?«

»Tut mir leid, Kumpel, das geht leider nicht. Aber ehrlich gesagt, hier steht auch nicht viel drin. Man war sich einig, dass die Zeugin unrecht hatte. Es ist ziemlich wahrscheinlich, dass Teddy Bryant an diesem Tag ertrunken ist. Zu 99,9 Prozent. Es tut mir sehr leid. Ich wünschte, ich hätte bessere Nachrichten für dich. Wenn du willst, kann ich ...«

In diesem Moment steckt ein anderer Detective den Kopf durch die Tür – ein großer, kräftiger Mann mit einer glänzenden Glatze, in der sich das flackernde Licht aus dem Gang spiegelt. »Hey Bill, tut mir leid, wenn ich störe, kannst du kurz rüberkommen? Ich brauche deine Unterschrift.«

Demarest nickt. »Natürlich.«

Und zu mir: »Eine Sekunde – ich bringe dich gleich nach draußen.«

Er hüpft mit einem Rumms vom Tisch und verlässt das Büro.

Und ich bleibe zurück und starre die Akte an.

Ertrunken, sagt er. Aber was weiß er überhaupt? Er war ursprünglich nicht mal für den Fall zuständig. Und außerdem wirkt der ganze Laden hier ein bisschen verrückt.

Also beuge ich mich vor, nehme die Akte und blättere sie durch, mein Herz rast, und ich kann kaum atmen. Auf meiner Stirn bricht Schweiß aus. Mein Blick verschwimmt.

Trotzdem finde ich die Seiten mit den Namen der Verdächtigen. Es gibt sogar Fotos – und eine Liste, die aussieht wie Adressen. Ich nehme die Seiten aus dem Ordner und stopfe sie schnell in meinen Rucksack, dann schließe ich die Akte und springe so schnell auf, dass der Stuhl nach hinten kippt.

Mein Atem beruhigt sich wieder.

Detective Demarest ist immer noch nicht zurück, aber ich verlasse das Büro trotzdem und mache die Tür hinter mir zu.

Der Gang ist leer, und ich gehe schnell vor zum Eingangsbereich.

Die Frau am Empfang lächelt und winkt mir zu.

Ich gehe aus der Tür.

Niemand hält mich zurück.

Jetzt habe ich die Informationen, die ich brauche.

Und ich werde Teddy finden.

Denn egal, was alle sagen, ich weiß, dass er lebt.

Ich weiß es, weil ich es fühle – wie eine klare, kühle Brise, die durch meinen Kopf weht.

Teil 2

21

Nebel hat sich über die Stadt gelegt, und die Straßen und der Himmel und die Gebäude und die Autos und die mit gesenkten Köpfen umhergehenden Menschen und die Krähen und Tauben und so weiter sind grau und matt silbrig.

Nachdem ich die Liste der Verdächtigen gestohlen habe und so kurz davor bin, Teddy zu finden, müsste jetzt eigentlich die Wolkendecke aufreißen und die Sonne durchbrechen und mich umgeben wie ein verdammter goldener Heiligenschein.

So wäre es in einem Film.

Aber mich umgeben nur grauer Nebel und Müll, und den Bürgersteig bedeckt eine dicke, festgetretene Dreckschicht. Ein Bus rumpelt vorbei, wackelnd und polternd, und die Männer und Frauen darin sitzen und stehen dichtgedrängt.

Ich überquere die Straße und renne mehrere Blocks, um möglichst schnell vom Polizeirevier wegzukommen, falls Detective Demarest merkt, dass die Seiten aus der Akte meines Bruder fehlen. Aber er wird es nicht merken. Er wird den Ordner zurück zu den anderen legen, nach seinem »System«. Dann wird er die Sache vergessen. Er wird Teddy vergessen, wie alle anderen. Ich bin der Einzige, der ihm helfen kann. Ich muss so schnell wie möglich nach Hause und mir die Unterlagen ansehen.

Ich laufe den Hügel hoch zur Haltestelle neben dem Café Trieste. Ich werfe einen Blick ins Café und sehe, dass mir jemand durchs Fenster zuwinkt.

Natürlich Eliza. Sie kommt durch die schlecht eingehängte Schwingtür nach draußen.

Ich sage, *natürlich,* weil das Schicksal oder das Karma oder was auch immer es offenbar so richtig auf mich abgesehen hat.

Es *muss* also Eliza sein.

Schön wie immer – die dunklen Haare zurückgebunden, das Gesicht blass, die Augen strahlend in all dem Grau. Sie trägt enge Jeans, pelzgefütterte Boots und einen Kapuzenparka. Es ist kalt draußen, und sie reibt sich die kleinen Hände.

»Hi«, sage ich und will weiter – ich will nur weg.

Aber sie redet sofort los.

»Was machst du hier?«

Sie lächelt. »Hausaufgaben. Ich hänge ganz schön hinterher.«

Ich habe die geklauten Seiten im Rucksack und will nur nach Hause, um sie zu lesen. Aber Eliza sagt: »Komm schon, Mie. Setz dich einen Moment zu mir.«

Ich folge ihr ins Café und bestelle einen Kaffee, und dann frage ich, ob wir wieder rausgehen können, damit ich eine rauchen kann. Sie nimmt ihre Bücher und ihren Rucksack, und wir setzen uns draußen an einen der wackligen Tische.

Auf der anderen Straßenseite thront eine weiße Kirche

mit spitzen Türmchen wie Zuckerstangen hoch über den weißen Marmorstufen. Ein paar Straßenkinder haben unter den gewölbten Bögen ihr Lager aufgeschlagen, sie tragen Armeejacken und sind in fleckige Wolldecken gehüllt. Sie haben einen Hund bei sich, einen schmutzigweißen Pitbullmischling an einer Leine aus einem langen Strick.

»Oh, was für ein süßer Hund«, sagt Eliza und bläst ein bisschen affektiert den Rauch der Zigarette aus, die ich ihr gegeben habe. »Habe ich schon erzählt, dass meine Mutter und ich einen Welpen aus New Orleans mitgebracht haben?«

»Cool. Welche Rasse?«

»Einen Bloodhound«, antwortet sie und schaut auf ihre Hände. »Das sind echt die süßesten Hunde der Welt.«

Sie verschränkt die Beine und beugt sich vor. Auf einmal ist sie ganz nah. Ich spüre die Wärme ihres Körpers.

Ich will nicht, aber ich spüre sie.

Ich tunke schnell mein Himbeerkringeldings in den großen Milchkaffee.

»Miles«, sagt sie und senkt den Kopf. »Hör zu, es tut mir wirklich leid. Ich wollte niemandem sagen, was passiert ist. Als ich wieder reingegangen bin, war ich total fertig, und Mackenzie Miller stand direkt neben uns, als ich mit Lily gesprochen habe. Kennst du Lily noch? Sie ist nach der achten Klasse auf die Lincoln High School gewechselt, sie war meine beste Freundin.«

»Ja, klar, ich erinnere mich«, sage ich, und das stimmt.

»Sie hätte es nicht weitergesagt, glaub mir. Aber ich war so panisch, ich habe gar nicht darauf geachtet, dass die anderen um uns rumstanden. Ich glaube, Mackenzie hat es rumerzählt. Das hat Ian Larkin zumindest gesagt. Er meint, er hat es von ihr.«

Ich atme aus und nehme einen Schluck Kaffee. Ich will, dass mir das alles egal ist.

»Hey, es ist schon in Ordnung. Ich weiß, dass du es nicht weitersagen wolltest.«

»Echt? Oh, gut. Miles, ich habe mir solche Sorgen gemacht.«

»Nein, nein. Alles in Ordnung. Hör mal, ich hoffe, du denkst nicht, dass das irgendwas mit dir zu tun hatte. Ich muss jede Menge Tabletten nehmen, und wenn ich nicht genug esse, wird mir total schlecht. Aber, jedenfalls ... tut mir leid, dass ich dich vollgekotzt habe.«

Ich grinse, und sie grinst auch.

»Na ja, genaugenommen«, sagt sie und drückt ihre Zigarette in dem roten Plastikaschenbecher zwischen uns aus, »hast du mich nicht *voll*gekotzt – aber es war kurz davor.«

Sie kichert süß, und der Tisch wackelt, und ein Schluck ihres Kaffees schwappt auf die Untertasse. An unserem Tisch läuft einer dieser Hipstertypen vorbei, Anfang zwanzig, die Augen auf sein iPhone geheftet – trotzdem wird er langsamer und schaut ein zweites Mal hin, als er Eliza sieht. Er starrt sie einen Augenblick an, dann fängt er sich, seine Augen springen zurück auf sein Handy, und er geht weiter.

Eigentlich nichts Besonderes.

Ich meine, es ist nur ein kurzer Augenblick – und doch genug, um mich daran zu erinnern, dass Eliza in einer ganz anderen Liga spielt.

Ich schlucke und werde rot und sage: »Der Typ hat dich gerade voll abgecheckt. Hast du das gesehen?«

Ihr Kopf neigt sich zur Seite. »Was? Wer?«

»Dieser Hipster, der hier gerade vorbeispaziert ist. Hast du das nicht gemerkt?«

»Nö.« Sie lächelt mit geschlossenen Lippen.

»Passiert dir wahrscheinlich andauernd«, sage ich, vielleicht weil ich jetzt schon eifersüchtig bin, natürlich total bescheuert.

»Wahrscheinlich. Ich bin dran gewöhnt, weißt du? Also, das soll jetzt nicht eingebildet klingen.«

Ich schüttele den Kopf. »Klar, natürlich nicht. Ist eben eine Tatsache, stimmt's? Du bist halt superhübsch.«

Kaum habe ich das gesagt, wird mein Gesicht heiß, und es ist mir wahnsinnig peinlich. Mein Herz klopft, und ich nehme einen Zug von meiner Kippe und schaue sie nicht an. Ich habe mich total unbeholfen angehört.

»Nein, bin ich nicht.« Ich höre sie in ihrer Tasche kramen. »Aber danke.«

Meine Kehle ist sehr trocken. »Tut mir leid, war es komisch, dass ich das gesagt habe?«

»Was? Nein! Du bist so süß. Als wir hierher zurückgekommen sind, hatte ich solche Angst, dass du mich hassen würdest, weil ich dich so ... schlecht behandelt habe. Und mir vielleicht ... vielleicht sogar die Schuld geben würdest für das, was passiert ist.«

Ich verschränke die Beine und mache mich ganz klein auf meinem Stuhl.

»Die Schuld geben?«

»Na ja, für das, was dir passiert ist.«

»So ein Quatsch«, sage ich. »Dass ich diese Anfälle habe ... ich meine, das ist halt eine Krankheit ... schlechte Verkabelung in meinem Kopf. Niemand ist schuld daran. Niemand.«

Sie holt tief Luft und atmet geräuschvoll aus. »Ich weiß. Aber, ich weiß nicht, es ist eben komisch, dass es kurz nach der Sache zwischen dir und mir passiert ist. Kurz nachdem ich weggezogen bin. Ist es doch?«

»Ja, schon. Aber das war Zufall.«

Sie reibt leicht meinen Arm. »Ich wollte dich anrufen, als ich davon gehört habe. Ich wollte es wirklich. Aber ... na ja ... wie gesagt, ich hatte Angst, dass du mir böse bist.«

»Nein, ich war dir nicht böse – nie.«

»Ich bin so froh, dass du das sagst«, erwidert sie leise. »Ich hoffe, wir können wieder Freunde sein.«

Ich setze mich aufrechter hin und weiß nicht, was ich sagen soll, aber als ich sie ansehe, beugt sie sich vor, also beuge ich mich auch vor, und dann küssen wir uns zum ersten Mal wirklich. Unsere Lippen passen perfekt aufeinander, und ich schmecke ihre Wärme und Süße, und mein Körper fühlt sich schwerelos an.

Wir küssen uns, bis ein paar Spinner von der anderen Straßenseite aus »Uuuuhhhh« johlen.

»Sollen wir gehen?«, flüstert sie, und ich fühle mich ganz betrunken oder high oder beides.

Wir gehen die Straße entlang zur Bushaltestelle. Wir laufen dicht nebeneinander und halten uns an den Händen, und es ist so komisch, weil wir bis vor wenigen Minuten nur alte Freunde waren, und jetzt sind wir, na ja, ein Paar.

Zumindest glaube ich das.

Ich küsse sie, wie als Frage, und sie küsst mich zurück und schaut zu mir auf, und der Nebel um uns ist feucht und dicht, und ihre Augen leuchten, und sie lächelt und ich weiß, dass die Antwort Ja lauten muss.

Nur ... darf das nicht meine Antwort sein; noch nicht – nicht, bis ich Teddy gefunden habe.

Ich bleibe stehen und atme tief ein und presse mir die Hand gegen die Stirn.

»Was ist?«, fragt sie.

»Nichts«, sage ich. »Es ist nur ... Ich will das, ich will mit dir zusammen sein. Wirklich. Aber ... ich kann nicht. Nicht jetzt.«

Sie neigt den Kopf zur Seite. »Aber ... ich dachte, es geht dir besser.«

»Es geht mir auch besser. Das ist es nicht. Ich ... ich kann nicht darüber sprechen. Noch nicht.«

»Wie meinst du das?«

Ich setze zu einer Antwort an, doch dann halte ich mich zurück. So gerne ich mit ihr über Teddy reden würde, ich weiß, dass es nicht geht. Sie würde versuchen mich aufzuhalten. Sie würde es meinen Eltern sagen. Und das ist das Letzte, was ich brauche.

Keiner von ihnen wird mich verstehen. Sie werden denken, dass ich jetzt völlig durchdrehe. Und außerdem will ich niemandem weh tun. Das ist ja der verdammte Punkt.

Ich kann es ihr nicht sagen.

Also sage ich etwas total Bescheuertes.

»Ich muss ... ähm ... ich muss mich gerade auf meinen eigenen Kram konzentrieren. Es tut mir leid.«

Sie schaut zu mir hoch, direkt in meine Augen – und nimmt meine Hände.

»Okay. Alles klar, ich verstehe.«

»Wirklich?«

»Ja ... klar.«

Der Bus rumpelt auf die Haltestelle zu, die Bremse faucht laut, und die Türen gehen auf.

Es ihr Bus, der Fünfzehner, nicht meiner.

Eliza steigt ein.

»Bis morgen«, sagt sie.

Die Türen gehen zu.

Und der Bus fährt los.

22

Mein Zimmer lässt sich nicht abschließen, aber das ist so in unserem Haus und hat nichts mit mir zu tun.

Ich mache die Tür hinter mir zu und werfe den Rucksack auf das ungemachte Bett. Die Lampe auf dem Tisch brennt noch, aber draußen ist es jetzt dunkel, deshalb schalte ich auch die Deckenlampe ein, setze mich aufs Bett und hole die geklauten Seiten raus.

Meine Hände zittern, während ich versuche, mich auf die Worte und Bilder zu konzentrieren. Die Fotos sind körnige Schwarzweißkopien. Meine Augen tränen, und ich zittere und sehe immer noch nicht klar.

»Verdammte Scheiße«, sage ich.

Ich lege die Seiten verkehrt herum aufs Bett, gehe zum Computer und mache Musik an, um ein bisschen runterzukommen. Das Programm steht auf *Shuffle,* und zufällig kommt ein Song von John Lennon, der mich beruhigt, und ich gehe wieder zum Bett.

Es ist ein Liebeslied. Lennon singt, *Even if it's just a day, I miss you when you're away. I wish you were here today, dear Yoko.*

Ich drehe die Seiten wieder um und stelle fest, dass die Ermittler anscheinend die Namen der verdächtigsten Personen markiert haben. Der einzige Sexualstraftäter auf der

Liste, der auf Dotty Petersons Beschreibung passt *und* einen weißen Ford Explorer fährt, wohnt nur wenige Blocks vom Ocean Beach entfernt, also eine verdammt heiße Spur. Als ich sein Alibi nachlese – das Alibi, das als Beweis seiner Unschuld gewertet wurde –, bemerke ich ungläubig, dass die Ermittler die Entführung falsch datiert haben. Kein Wunder, dass Teddy nie gefunden wurde. Die Polizei ist völlig unfähig. Das Datum, das sie notiert haben, ist exakt eine Woche später als der fragliche Tag. Also ist das Alibi des Mannes, Simon Tolliver, völlig bedeutungslos.

Der Gedanke fühlt sich an wie eine klare, kühle Brise.

Die Hälfte meines Jahrgangs fährt morgen zum Ocean Beach, um am Strand Müll zu sammeln. Vielleicht kann ich mich kurz abseilen und mir Tollivers Haus ansehen. Nach allem, was ich weiß, hält sich Teddy in diesem Moment dort auf.

Zugegeben, als ich lese, was über Tolliver in der Akte vermerkt ist, kriege ich Angst vor ihm. Der Typ scheint ein totaler Psychopath zu sein. In dem Bericht steht zwar, dass sein Bewährungshelfer ihn in den letzten zehn Jahren als unauffällig beurteilt hat, aber davor war er fünfzehn Jahre im Knast.

Er ist offensichtlich ein richtig übler Kerl. Und obwohl ich weiß, dass ich mir schleunigst sein Haus ansehen sollte, habe ich Schiss, so einem krassen Psychotypen einen Besuch abzustatten.

Aber ich werde es tun.

Morgen gehe ich da hin, und ich werde mich nicht erwischen lassen.

Jetzt kommt ein Lied von Joy Division aus den Lautsprechern.

Und dann geht die Tür auf. Ich zucke zusammen, drehe schnell die Seiten aus der Polizeiakte um und lege so beiläufig wie möglich meinen Rucksack darauf.

Es ist Janey.

Sie stürmt in mein Zimmer und springt auf mein Bett.

»Miles«, ruft sie. »Der Film war so gut!«

Ich stehe auf und setze mich wieder und schiebe meinen Rucksack zur Seite, so dass die Papiere hinter meinem Bett auf den Boden fallen.

»Welchen Film habt ihr gesehen?«, frage ich und umarme sie. Sie riecht nach frischer Wäsche und Ahornsirup.

»*Moonrise Kingdom*«, sagt sie.

»Den will ich auch sehen. War er toll?«

»So, so toll. Und wo warst du?«

»Nirgends«, erwidere ich. »Bin nur durch die Gegend gelaufen.«

»Wir haben versucht, dich anzurufen.«

»Echt? Mein Handy war wohl aus.«

Ich denke kurz nach und starre zu Boden.

»Jane«, sage ich zerstreut. »Ich weiß, es war in letzter Zeit schwierig hier. Aber ... Ich ... Es wird besser werden. Das verspreche ich dir. Ich werde alles wieder in Ordnung bringen.«

Sie schaut mich mit großen Augen an. »Aber es *ist* doch alles in Ordnung, oder nicht?«

»Sicher, ja, natürlich. Aber ... du weißt, was ich meine.«

Sie schüttelt den Kopf. »Mach dir deswegen keine Sorgen.«

»Nein, mach *du* dir keine Sorgen. Das meine ich.«

Ich bin so kurz davor, Teddy zu finden. Diese endlose Hölle – die endlose Warterei – ist fast vorbei. Ich wünschte, ich könnte es ihr sagen. Ich wünschte, ich könnte es irgendjemandem sagen.

Aber sie werden es bald genug erfahren.

Wenn ich unseren Bruder nach Hause bringe.

Ich gebe Jane einen Kuss auf die Stirn, und wir gehen ins Wohnzimmer und essen die Hamburger, die sie von Bill's Place auf der Clement Street mitgebracht haben.

Draußen regnet es, und ich höre das monotone Prasseln auf den Dächern.

Wassertropfen perlen und schwitzen durch den Riss in der Decke.

Aber heute Abend essen wir zusammen und sind glücklich.

Teddy kommt wieder nach Hause.

23

Am späten Vormittag hört es auf zu regnen.

Die Schule hat einen Bus gemietet, mit dem wir zum Strand fahren. Die Aktion ist Teil eines Freiwilligenprojekts, bei dem jede Klasse sich einmal im Monat um irgendwas kümmert. Müll am Strand zu sammeln gehört jedenfalls zu den netteren Jobs. Und zum Glück ist Eliza in der Gruppe, die morgen dran ist, deshalb muss ich mir um sie heute keine Gedanken machen.

Preston ist auch erst morgen dran.

Aber Jackie ist heute dabei. Wir sitzen nebeneinander im Bus und spielen *Words With Friends* auf ihrem iPhone.

Der Himmel ist silbrig grau, als die Sonne durch die tiefhängenden Wolken bricht.

Jackie trägt eine Mütze und einen dicken Parka, dessen Reißverschluss bis unters Kinn hochgezogen ist. Es ist richtig kalt heute, und die Heizung im Bus ist kaputt, so dass wir beim Sprechen unseren Atem sehen können. Ich trage ein langärmliges Unterhemd, einen Kapuzenpulli und meinen Armeeparka, aber mir ist trotzdem arschkalt. Der Bus ruckelt und schwankt, während er sich die gewundene Küstenstraße zum Ocean Beach hinabschlängelt.

Seit Teddys Verschwinden habe ich es vermieden, hierher zu kommen, wahrscheinlich, weil es einfach zu schmerzhaft war. Der Tag hat sich so viele Male in meinem Kopf abgespielt, dass ich nicht noch mehr darüber nachdenken wollte, als ich es ohnehin schon tat. Außerdem gibt es im Norden der Stadt und in der Bucht genügend andere Strände.

Aber jetzt, als wir an der mit Graffiti bedeckten Kaimauer entlangfahren, kann ich nicht anders als nach dem Toilettenhaus Ausschau zu halten, in dem ich mich eingesperrt hatte, und nach der Stelle, an der ich meinen Bruder das letzte Mal gesehen habe – irgendwo da unten, wo Wasser und Strand sich treffen.

Durch die zerkratzten, dreckbespritzten Plastikfensterscheiben mit den Regentropfen sehen die felsige Küste und die windgepeitschten Dünen aus wie Bilder einer apokalyptischen Traumlandschaft. Das Meer scheint sich in alle Richtungen gleichzeitig zu bewegen, die Wellen drängen von der geschwungenen Uferlinie ins Meer zurück, prallen auf die nächsten Brecher und spritzen hundert Meter hoch.

Der Bus biegt auf den verlassenen Parkplatz hinter dem Strandzugang auf der Höhe der Noriega Street, und ich merke erst jetzt, dass Jackie schon eine Weile mit mir redet, ohne dass ich etwas gehört habe.

»Was?«, sage ich und drehe mich zu ihr um.

Sie beißt sich auf die Lippe und sieht mich an. »Hast du nicht zugehört?«

»Doch, ich war nur ... ich war nur ...«

Sie lacht, weil mir nichts einfällt. »Jaaaa. Klar. Alles in Ordnung mit dir?«

Schon wieder diese Frage.

Alles in Ordnung mit mir? Alles in Ordnung mit mir? Alles in Ordnung mit mir?

Ja.

Ja, verdammt, alles in Ordnung. Das weiß ich.

Besser als in Ordnung.

Ich habe Hoffnung. Ich habe die Hoffnung, dass Teddy nur ein paar Blocks von hier entfernt ist.

Und alles andere ist egal.

»Ja«, erwidere ich. »Ja, alles super. Mir geht's gut.«

Sie schaut mich immer noch an, als würde sie mir nicht glauben.

»Hey«, sage ich schnell, »würdest du mir einen Gefallen tun? Ich muss kurz was auf der 46. Straße erledigen, wenn wir in die Gruppen eingeteilt sind. Macht es dir was aus, mir ein Alibi zu geben, falls jemand nach mir fragt?«

Sie bleibt skeptisch. »Was hast du vor?«

»Ich muss nur mal kurz weg. Es wird nicht lange dauern.«

Sie zieht die Brauen zusammen. »Schon klar. Aber worum geht es?«

Einen Moment lang bin ich kurz davor, es ihr zu sagen. Es wäre so eine Erleichterung.

Aber ich weiß, dass ich es nicht tun sollte.

Jackie würde sich ebenso sorgen wie Eliza. Sie würde meinen Eltern Bescheid sagen, und die würden total ausflippen. Und dann würden sie alle versuchen, mich aufzuhalten.

Ich bin sicher, Dr. Frankel würde mich allein für den Gedanken an diese Aktion für verrückt erklären. Auch wenn er das um einiges eloquenter formulieren würde.

Aber was er nicht versteht – was niemand verstehen kann –, ist, dass das, was ich jetzt tue, die einzige Chance auf ein gesundes, normales Leben ist, die ich je haben werde.

Selbst wenn dieser Tolliver ein Psycho, ein Pädophiler, ein verdammter Irrer ist, muss ich zu ihm – ich muss es herausfinden. Vorher kann ich mit meinem Leben nicht weitermachen. Ich kann mein Leben nicht leben, solange ich Teddy nicht nach Hause gebracht habe. Dann kann ich endlich neu anfangen.

Jackie einzuweihen ist keine Option.

Also sage ich nur: »Ach, nichts. Ich muss da nur was abgeben.«

»Beim Schulausflug?«

Ich nicke. »Ja. Dauert nur 'ne Sekunde.«

Sie zieht die Schultern hoch und lässt sie wieder fallen.

»Okay, Mie, ich gebe dir dein Alibi.«

»Danke.«

Die Gelegenheit, zu verschwinden, ergibt sich erst, als wir schon unsere Handschuhe, Plastiktüten und Müllzangen bekommen haben, damit wir uns keine Nadeln unter die Haut jagen, wenn wir im Sand wühlen. Ich lege mein Zeug hinter einem Toilettenhaus ab (nicht dem, in dem ich vor zwei Jahren war, da bin ich ziemlich sicher) und versuche, es so gut wie möglich unter dem hohen Gras zu verstecken, das aus den Rissen im Asphalt wächst.

Ich überquere schnell die große Straße und weiche den

Autos aus, ohne auf die Ampel zu warten. Niemand hält mich auf.

Der Himmel wird klar – oder zumindest kommt die Sonne durch, und der Südwind bläst die Wolken und den Nebel weiter aufs Festland. Ich ziehe mir die Kapuze meines Parkas über den Kopf.

Simon Tollivers Haus ist die Nummer 1921 auf der 46. Straße, zwischen der Ortega und der Pacheco Street, nur drei Blocks vom Strand. Ehrlich gesagt ist es nicht so, wie ich es mir vorgestellt habe. In meinem Kopf habe ich mir vermutlich einen gruseligen, heruntergekommenen Schuppen ausgemalt, mit ausgestopften Vögeln an den Wänden und rostigen Werkzeugen im Hof. Aber so ist es überhaupt nicht.

Es ist ein total nettes kleines Haus im Craftsman-Stil, mit einem hübschen Gemüsegarten und einem weißen Lattenzaun drumherum. Es gibt sogar eine kleine Eisentür am Seiteneingang, die von lilafarbener Trichterwinde und Rosensträuchern überwuchert ist.

Es sieht jedenfalls nicht aus wie das Versteck eines geistesgestörten Kidnappers.

Aber vielleicht hält er sein Haus genau aus dem Grund so gepflegt. Ein Häuschen wie dieses ist über jeden Verdacht erhaben.

Wenn er schlau ist, dann lebt er in genau so einem Haus. Und schlau muss er sein, wenn er es zwei Jahre lang geschafft hat, sich die Polizei vom Hals zu halten.

Die angrenzenden Häuser sind größere, zweistöckige viktorianische Gebäude, die in zwei Wohneinheiten unterteilt sind, deshalb kann ich nicht sagen, ob jemand zu Hause ist, der sehen könnte, wie ich hier herumschleiche. Ich gehe am besten geradewegs zu Tollivers Tür und drücke auf die Klingel. Wenn er da ist, kann ich so tun, als ob ich ... was? Ihm ein Zeitschriftenabo verkaufen will?

Irgendsowas.

Dann weiß ich wenigstens sicher, ob er zu Hause ist.

Ich trete durchs Gartentor, atme tief ein und spüre, wie meine Hände und Beine zu zittern beginnen.

Ich gehe mit kantigen Bewegungen an den Pflanzenkübeln mit den Kürbissen vorbei und steige die unregelmäßigen weißen Holzstufen hinauf.

Ich lege den Finger auf die Klingel, und das Geräusch schrillt durch das kleine Haus.

Ein Hund bellt in der Ferne.

Ich warte und halte den Atem an.

Aber niemand kommt.

Die Tür bleibt geschlossen.

Ich gehe langsam ums Haus herum und suche nach einem Fenster, durch das ich einen Blick hineinwerfen kann, doch alle Jalousien sind heruntergelassen. Ich presse das Gesicht gegen eine Milchglasscheibe und kann gerade so ausmachen, dass das dahinterliegende Zimmer das Bad sein muss, aber das bringt mir auch nichts. Das Bad ist sauber. Und ich kann den Duschvorhang sehen, auf dem eine bunte Weltkarte ist.

Hinterm Haus liegt ein kleiner, von einer hohen Hecke umgebener Garten. An einigen Stellen wächst Gras, aber das meiste davon ist verdorrt, und die Holzstufen vor der

Glasschiebetür an der Rückseite des Hauses sind zerbrochen und abgesplittert. In der hinteren Ecke des Gartens, zwischen der Hecke und einem Eukalyptusbaum mit tiefhängenden Zweigen, steht ein kleiner Holzschuppen – das Dach von Blättern und Piniennadeln bedeckt. An der Tür hängt ein Vorhängeschloss, doch es ist offen. Das Fenster ist fast über die ganze Höhe mit irgendetwas beschmiert. Ich sehe eine Bewegung hinter dem Glas – flackerndes Licht in der Dunkelheit.

Ich stelle mir Teddy darin vor – gefesselt, geknebelt, wie er verzweifelt versucht, sich zu befreien.

Die Wolken treiben schnell am Himmel und werfen Schatten über den Garten, zum Schuppen und zurück, und ich spüre, wie mir das Herz immer schneller in der Brust hämmert, mein ganzer Körper zittert so stark, dass ich die Hände aneinanderpressen muss.

Ich gehe zum Schuppen und schaue durchs Fenster, aber es ist so dreckig, dass ich nichts erkennen kann.

Aber ich höre etwas, und es kommt von drinnen, als würde eine Zeitung zusammengeknüllt und zerrissen.

»Hallo?«, flüstere ich und drücke mein Ohr auf den Spalt in der Tür. »Hallo?«

Plötzlich habe ich das Gefühl, dass mich jemand beobachtet.

Ich drehe mich um und erstarre.

Ein Hund, bestimmt dreißig Kilo schwer, ein Border Collie oder so, steht erst da und kommt dann langsam und leise knurrend auf mich zu.

»H-hallo Hund«, sage ich wie ein Idiot.

Der Hund knurrt lauter, und ich weiche zurück an die Schuppenwand.

»Brav ... ganz brav.«

Ich knie mich auf den feuchten Boden. Ich wende den Blick ab und sage: »Guter Hund. Braver, guter Hund.«

Zitternd strecke ich die Hand aus und spüre den Atem des Hundes an den Fingerspitzen.

Das Knurren hört auf.

Die kalte Nase des Hundes drückt sich an meinen Handrücken.

»Oh Gott«, sage ich und stehe auf.

Ich trete von der Tür weg, und der Hund kommt zu mir und lässt sich streicheln.

»Wo zum Teufel kommst du denn her?«, frage ich.

Der Hund läuft zum Schuppen und beginnt winselnd zu scharren.

Ich schaue mich ein letztes Mal um, bevor ich das Schloss abnehme und die Tür mit einem Ruck öffne.

»Hallo?«, sage ich laut.

Der Hund springt vor.

Und dann kommt eine verdammte Tonne Hühner aus dem Schuppen geflattert und breitet sich im Garten aus.

Der Hund bellt und bellt und jagt die Hühner, erwischt eins am Nacken und schüttelt es, und ich schreie »Scheiße!« und schließe schnell die Tür, damit wenigstens noch ein paar von den verdammten Viechern da drin bleiben. Ich erwische ein extrem langsames Huhn, aber es hackt nach mir und kreischt so laut, dass ich es wieder loslassen muss.

Der Hund ist zufrieden mit seiner Beute und rennt weg.

Und genau in diesem Moment kommt jemand um die Ecke und schreit: »He, aufhören! Was machst du da?«

Ich drehe mich überrumpelt um.

Der Mann trägt einen Kapuzenpulli mit der orangefarbenen Aufschrift *Texas*. Aus irgendeinem Grund ist das Wort *Texas* das Einzige, was ich sehe. Meine Augen bleiben daran hängen.

Er brüllt wieder. Er hat einen starken Akzent. »Du! Was machst du hier?«

Mein Mund steht auf.

»Ich ... ich ...«

Ich weiche einen Schritt zurück.

Mein Kopf arbeitet fieberhaft, aber mir fällt nichts ein.

»Bleib, wo du bist. Keine Bewegung.«

»T-Tolliver«, sage ich. »S-Simon Tolliver? Ich suche Simon Tolliver.«

Der Mann hält inne.

»Kanntest du ihn?«

»N-nein«, stottere ich. »Ich ... Er ...«

Der Mann lässt die Arme fallen. Sein Körper sinkt in sich zusammen, als würde ihn eine schwere Last niederdrücken.

»Hat er ... dir etwas angetan?«

Da erst merke ich, dass mir Tränen übers Gesicht laufen. Ich wische sie weg und versuche zu atmen und sage: »Irgendwie schon.«

»Das tut mir leid«, sagt er und kommt auf mich zu. Sein Kopf ist noch immer gesenkt, als er sagt: »Dieser Tolliver war kein guter Mensch. Wir wohnen seit ein paar Monaten hier. Der Makler hat uns die Geschichte erzählt. Sehr traurig.«

Meine Augen werden groß. »Er ist weg?«, bringe ich heraus. »Wissen Sie, wo?«

»Nein. Wir haben das Haus von der Bank gekauft.« Er räuspert sich. »Es tut mir leid«, wiederholt er.

»Ist ... ist gut. Ist schon gut.«

Ich drehe mich um.

Ich drehe mich um und renne.

Der Mann ruft mir nicht nach.

Er lässt mich gehen.

24

Der Nebel kommt jetzt schnell vom Meer herauf, und der Wind hat sich gelegt. Ich ziehe die Jacke aus und binde sie mir um die Hüfte.

Der Asphalt des Bürgersteigs ist an vielen Stellen aufgeplatzt, wo Baumwurzeln sich hindurchgezwängt haben, die Natur schlägt zurück gegen die Unterdrückung der Zivilisation.

Ich nehme das Foto von Simon Tolliver aus der Tasche und starre in seine schwarzweiß kopierten Augen.

»Was zum Teufel soll ich tun?«, frage ich und warte auf eine Antwort, aber es kommt keine.

An der Straßenecke ist ein Spirituosengeschäft mit einer Neonreklame in Form einer Bierflasche im Fenster, und ich gehe rüber und kaufe mir eine Flache Wasser und eine Tüte Erdnuss-M&Ms, weil mein Blick auf die Packung fällt, und ich plötzlich Lust darauf bekomme. Der Mann hinter dem Tresen sieht koreanisch aus, er hat ein breites Gesicht und eine Brille mit colaflaschendicken Gläsern.

»Hallo«, sage ich und ziehe das Foto raus, vielleicht zum letzten Mal.

»Kennen Sie diesen Typen? Kommt er manchmal hierher?«

Der Mann wirft träge einen Blick auf das Foto. »Oh, ja, er kommt hier«, sagt er in gebrochenem Englisch. »Freitag er spielt Lotto.«

Mir stockt der Atem. »Jeden Freitag?«

Er schüttelt den Kopf. »Nein. Er hier letzten Freitag. Lotto war sehr groß. Zwanzig Millionen. Er kommt nur, wenn Lotto groß.«

Ich danke ihm und gehe mit meinem Wasser und den M&Ms nach draußen.

Der Nebel ist so dick, dass ich kaum einen Meter weit sehen kann. Ich gehe vorsichtig zurück zum Strand.

Der kalte Wind bläst durch meinen Kopf.

Ich komme näher.

Ich spüre es.

Näher und näher.

Es ist nur noch eine Frage der Zeit – bis der Jackpot groß genug ist und ich Simon Tolliver finde. Und Teddy.

25

Der Himmel klart auf, und ich sehe den blassen Halbmond am Horizont. Ich bin auf dem Heimweg vom Supermarkt, wo ich ein paar Stunden gearbeitet habe, weil einer der anderen Jungs sich krankgemeldet hat, und überquere gerade die Geary Street, als ich eine Nachricht von Jackie kriege, die fragt, ob sie zu kurz vorbeikommen kann.

Geht klar, schreibe ich zurück.

Da sehe ich, dass Eliza mir auf die Mailbox gesprochen hat.

Ich drücke mein Handy ans Ohr und gehe weiter.

Ihre Stimme klingt weich und schön, trotz des Knisterns in der Leitung. Sie fragt, ob ich morgen Abend zu ihr zum Essen kommen will. Sie wiederholt mehrmals, es sei kein Problem für sie, wenn wir es langsam angehen lassen.

Ich weiß nicht, ob ich hingehen soll. Ich meine, ich weiß nicht, ob ich mir das erlauben darf. Teddy zu finden ist das Wichtigste, und ich bin so kurz davor. Ich darf mich jetzt nicht ablenken lassen.

Aber ein Abendessen kann doch eigentlich nicht schaden.

Ich weiß zumindest nicht, wie.

Wir können zusammen essen.

Und wenn der Jackpot groß genug ist, gehe ich zum Spirituosengeschäft und warte auf Simon Tolliver. Es ist eigentlich ganz einfach. Und in diesem Augenblick kommt es mir so vor, als könnte alles aufgehen.

Ich überquere die Clement Street und gehe zu unserem Haus.

Jackie ist schon da und wartet auf der Treppe auf mich, sie trägt kniehohe Stiefel und ist in ihren riesigen Parka gehüllt.

»Miles, hey, tut mir leid.«

Ich sehe, dass sie geweint hat – ihre Augen sind rot und geschwollen, aber nicht von der Kälte.

»Ist alles in Ordnung? Was ist los?«

Sie lacht, als würde es aus ihr herausbrechen, dann zieht sie die Knie an die Brust und starrt auf den Boden.

»Wir hatten Streit«, sagt sie.

Streit – mit Preston. Ich zünde mir eine Zigarette an und setze mich neben sie.

»Entschuldige bitte. Störe ich dich gerade?«

»Nein, nein, überhaupt nicht. Seit wann bist du hier?«

»Vielleicht zehn Minuten.« Sie legt mir den Kopf auf die Schulter. Sie riecht nach Räucherstäbchen.

»Worüber habt ihr gestritten?«

»Ich weiß es nicht ... über gar nichts. Er ist ... na ja ... Findest du nicht auch, dass er sich verändert hat?«

»Verändert?«

Von der anderen Straßenseite ist Geschrei zu hören, und ich sehe zwei streitende Männer vor dem vietnamesischen Restaurant.

»Ja, verändert«, sagt Jackie, ohne sich um das Geschrei der Männer zu kümmern. »Er … ist nur noch am feiern und so und … ich weiß, er war schon immer so drauf, aber es scheint irgendwie … *mehr* geworden zu sein. Ergibt das irgendeinen Sinn?«

»Doch, klar.« Ich rauche und atme ein und aus.

»Es tut mir leid«, sagt sie, nimmt die Mütze ab und schüttelt ihre langen Dreads. »Ich sollte mich nicht bei dir ausheulen. Er ist dein bester Freund. Das bringt dich in eine blöde Lage.«

Ich lache. »Und du bist meine beste Freundin. Ich meine, manchmal fühle ich mich … dir sogar näher als –«

»Ja, ich mich auch«, fällt sie mir ins Wort.

Ich starre nach unten auf meine abgewetzten Stiefel.

»Mein Therapeut«, platze ich heraus, »redet immer davon, dass Sensibilität wie eine Gaußsche Verteilungskurve ist – du weißt schon, was wir in Mathe gelernt haben. Auf der einen Seite ist jemand, der so sensibel ist, dass er auf der Welt quasi nicht funktionieren kann. Auf der anderen Seite ist ein totaler Soziopath, Mörder, was auch immer, der gar nichts fühlt. Die meisten Leute sind in der Mitte – oder irgendwo in der Nähe davon. Aber ich war immer näher an der So-verdammt-sensibel-dass-ich-kaum-funktioniere-Seite. Und du … du machst dir auch viele Gedanken.«

Sie lacht. »Meinst du, Preston macht sich keine Gedanken?«

»Doch«, erwidere ich. »Das schon. Aber er grübelt nicht ewig herum. Und das ist großartig. Ich wünschte, ich wäre mehr wie er.«

»Ich bin froh, dass du es nicht bist.«

Sie schließt ihre warme Hand um meine.

Ich schlucke ein Kratzen im Hals runter.

Da vibriert mein Handy in meiner Tasche.

Jackie lässt meine Hand los – nicht, dass das etwas zu bedeuten hätte –, und ich schaue aufs Display.

Wieder ist es – natürlich – Eliza.

»Was will sie?«, fragt Jackie, als sie ihren Namen auf dem Display sieht.

»Nichts. Sie will, dass ich morgen zu ihr zum Essen komme.«

»Und ist das gut?«

»Klar, denke schon.«

»Du gehst also hin?«

»Ich weiß nicht. Ich bin nicht sicher, ob das eine gute Idee ist. Ich habe versucht ...«

Wieder will ich ihr von Teddy erzählen. Aber ich tue es nicht. Ich kann nicht.

»Ich weiß noch nicht, ob ich gerade Zeit für so was habe«, sage ich und hoffe, dass das vage genug ist.

Jackie tritt mit den Absätzen auf den Asphalt.

»Zeit? Es ist nur ein Abend. Typisch Miles, du sorgst dich immer um alle. Du solltest einfach hingehen und einen schönen Abend haben – mach einfach mal das, was du willst.«

Ich lächele sie an und frage mich, ob sie recht hat – oder ob ich es mir verbieten sollte.

»Was ist mit dir und Preston? Meinst du, ihr vertragt euch wieder?«

Sie schließt kurz die Augen. »Ach, klar. Er hat nur ... gerade ... ach, ich weiß es doch auch nicht. Vielleicht liegt es daran, dass nächstes Jahr das letzte Schuljahr ist. Und wer weiß schon, was zum Teufel nach der Highschool passiert?«

Ich nicke. »Nichts gegen dich und Preston, aber ich kann es kaum erwarten, dass wir da nicht mehr hinmüssen.«

Sie lacht. »Ich auch nicht.«

Ich stehe auf und spüre plötzlich die Kälte im Gesicht. »Lass uns reingehen«, sage ich. »Hast du schon was gegessen?«

Ich helfe ihr hoch.

»Danke«, sagt sie.

Und wir gehen zusammen ins Haus.

26

Gegen halb elf geht Jackie nach Hause. Sie hat mit uns zu Abend gegessen und dann haben wir zusammen ein paar Folgen *Arrested Development* bei Netflix gesehen. Meine Mutter hat natürlich eine Tablette genommen und sich schlafen gelegt. Aber Jackie und Jane und mein Dad und ich haben zusammen Spaß gehabt und Eis gegessen. Wir hätten die ganze Nacht weitergucken können, aber morgen ist Schule, und irgendwann hat mein Vater den Fernseher ausgeschaltet.

Jackie steigt ins Auto und fährt los, und ich wünsche meiner Familie eine gute Nacht und gehe schnell an meinen Computer. Ich will auf die Homepage der California State Lottery, aber aus irgendeinem Grund dauert es ewig, die Seite zu laden. Irgendwas scheint mit unserer Internetverbindung nicht zu stimmen.

Aber egal, ich bin ziemlich sicher, dass der Jackpot noch nicht groß genug ist, damit Simon Tolliver sich ein neues Los kauft. Der Typ hat gesagt, beim letzten Mal war er bei zwanzig Millionen. Ich bin natürlich nicht hundertprozentig sicher, wie das genau läuft. Morgen werde ich nachschauen.

Ich schalte den Computer aus und lege mich ins Bett. Doch dann vibriert mein Handy neben mir.

Es ist Preston. Sein Name erscheint auf dem Display.

Ich verdrehe die Augen. Ich meine, was zur Hölle. Als wäre ich ihr verdammter Paartherapeut.

Ich stehe auf, gehe dran und tigere durch mein kleines Zimmer.

»Hey. Was geht?«

Seine Stimme klingt verzerrt. »Hast du mit Jackie geredet?«

»Ja, sie war bis eben bei mir.«

»Oh.« Kurze Pause, dann: »Ist alles in Ordnung mit ihr?«

»Ja, natürlich.«

Noch eine Pause. »Kann ich vielleicht kurz rüberkommen? Auf eine Kippe?«

»Du rauchst doch gar -«

»Ach komm«, fällt er mir ins Wort. »Bitte. Ich kann sonst mit niemandem darüber reden.«

Ich nicke, was er natürlich nicht sehen kann. »Ja, klar. Kein Problem«, sage ich.

Er dankt mir wieder und wieder.

Wir legen auf.

Irgendwie komisch.

Ich bin glücklich, dass ich für ihn da sein kann – für sie beide. So, wie sie immer für mich da waren, komme was wolle. Ich ziehe meine dicke Jacke und einen Schal und so komische fingerlose Handschuhe an, weil es echt kalt draußen ist. Die altmodischen Plüschhausschuhe, die mal meinem Vater gehört haben, ziehe ich auch noch an, und dann nehme ich meine Zigaretten.

Mein Vater ist noch auf und kocht in der Küche Wasser.

Er trägt seinen Bademantel über dem Schlafanzug und trinkt ein Glas Whiskey.

»Was ist los, Tiger? Kannst du nicht schlafen?«, sage ich, und er lacht.

»Ganz recht, alter Freund. Und du?«, fragt er.

»Preston hat gerade angerufen. Er kommt noch mal rüber.«

»Du spielst heute wohl den Eheberater, was?«

»Das Gleiche habe ich auch gedacht.«

»Willst du einen Kakao?«, fragt er.

Ich lächele ihn an. Sein Bart ist so lang und dicht geworden, dass er fast aussieht wie ein Hipster aus dem Szeneviertel.

»Machst du dir auch einen?«

Er nickt.

Der Kessel beginnt zu pfeifen und mein Dad stellt die Gasflamme aus.

»Du bist ein guter Freund«, sagt er.

Da ruft meine Mom aus dem Schlafzimmer: »Sam! Was machst du?«

Vielleicht hat der Kessel sie geweckt.

»Sieh zu, dass du rauskommst«, flüstert mein Dad.

Ich tue, was er sagt.

Die Nacht ist schwarz und sehr kalt – die Straßenlaternen sind kaputt, und der Wind weht noch immer stark vom Meer. Ich rauche und warte darauf, dass Prestons kleiner Fiat auftaucht.

Er kommt etwa eine Minute später.

»Das ist mein Mann«, sagt er, und wir umarmen uns kurz.

Er riecht wie immer, nach Pot und Räucherstäbchen. Seine Skijacke ist bis ans Kinn geschlossen, und er trägt eine Wollmütze, die ihm bis knapp an die Augen reicht. »Verdammt kalt heute.«

Ich nicke. »Tut mir leid, meine Mom ist gerade aufgewacht«, erkläre ich. »Macht es dir was aus, wenn wir hier draußen bleiben?«

»Ja, kein Ding. Das war der Plan.«

»Klar. Das war der Plan.«

Er lehnt sich ans Geländer, und ich hocke mich auf die Fersen.

»Jackie hat gesagt, dass sie bei dir war.«

Ich kratze mich am Nacken. »Ach, hast du mit ihr geredet?«

Er reibt sich sein breites Kinn mit den langen, dicken Fingern. Über ihm fliegt eine Krähe von den Zweigen einer zerzausten Buche auf. Ich blinzle, damit sie verschwindet, aber sie steht immer noch in der Luft über uns.

»SMS geschrieben«, sagt er. »Habt ihr zusammen gegessen oder was?«

»Ja. Und *Arrested Development* geguckt. Sie war ziemlich fertig.«

Ich blinzle wieder, und die Krähe kommt näher. Sie muss in meinem Kopf sein. Wo sonst. Es ist mitten in der Nacht.

Doch dann fliegt die Krähe auf, und ein großer Klecks weißer Krähenkacke spritzt auf Prestons Schulter.

»Fuck! Was zum Teufel?«

»Der Vogel hat dich gerade angeschissen«, sage ich.

»Oh Mann.«

»Ich meine, wie groß ist bitte die Wahrscheinlichkeit?«

Er lacht, und ich lache, und wir lachen zusammen.

»Hör zu, Mann«, sage ich nach einem Augenblick. »Ich verstehe, dass du reden willst. Aber Jackie liebt dich. Ehrlich, du musst dir keine Sorgen machen.«

Preston kauert sich neben mich. »Echt? War sie okay?«

Ich nicke. »Natürlich. Sie liebt dich.«

Er lächelt und spielt mit dem Reißverschluss seiner Jacke. »So einfach ist das, hm?«

»Ja, scheint so – auch wenn ich von Beziehungen keine Ahnung habe.«

»Was? Ach komm, klar tust du das.«

»Ich weiß nur, wie man sie kaputtmacht.«

Er spuckt übers Geländer. »Was soll das heißen?«

»Du weißt, was das heißt.«

»Eliza? Das war nicht deine Schuld.«

Ich schließe die Augen. »Nein, das meine ich nicht.«

»Was dann?«

»Nichts«, sage ich. »Gar nichts.«

Er legt mir die Hand auf die Schulter. »Jedenfalls, danke, dass ich vorbeikommen durfte.«

»Natürlich.«

Er lächelt. »Morgen Abend sollte ich wohl was mit Jackie machen. Aber vielleicht können wir Sonntag alle ins Kino gehen. Triffst du dich mit Eliza?«

Ich lächele zurück. »Ja, sieht so aus.«

Er nickt. »Na dann, sei vorsichtig, okay? Du kannst es wahrscheinlich nicht mehr hören – aber trotzdem.«

»Danke. Das werde ich.«

Wir umarmen und verabschieden uns, und er geht die Treppe runter.

Er steigt ins Auto.

Und fährt los.

27

Eliza und ihre Mutter wohnen jetzt in einem anderen Haus als damals – und so, wie es von hier aussieht, ist es wesentlich kleiner, als ich erwartet hätte.

Sie zeigt mit dem Finger darauf – ein zweistöckiges Stadthaus an der Spitze des Parks am Alamo Square, der erhöht auf einem Hügel liegt und sanft abfällt, und von dem aus man einen Blick über die gesamte Skyline, die Bay Bridge und die East Bay in der Ferne hat.

Wir gehen die flache Betontreppe rauf, die den Park in der Mitte durchschneidet, und kommen an dem Spielplatz vorbei, auf dem wir als Kinder immer gespielt haben. Es fühlt sich so vertraut an, mit Eliza hier zu sein, als wäre keine Zeit vergangen.

Der Himmel ist klar, es ist kalt, und der Wind weht kräftig vom Ozean. Während wir gemeinsam durch den Park gehen, sehe ich, wie sich die Sonne in den Fenstern der Häuser entlang der East Bay spiegelt wie um sich greifendes Feuer.

Eliza sagt nichts, doch sie nimmt meine Hand, und ich spüre trotz des Winds und der kalten Luft ihre Wärme. Sie hat sich die Kapuze ihres Pullovers über die Haare gezogen und trägt eine dicke Jacke und ihre Vintage-Jeans in dicken Schnürstiefeln. Im schwächer werdenden Licht wirken ihre Augen im Kontrast zu den schwarzen Haaren sehr blau.

Sie beugt sich vor, und ich merke, dass sie mich küssen will, also stelle ich die Rucksäcke ab und küsse sie, und sie küsst mich, und das macht mich schwindelig und benommen.

»So lasse ich es langsam angehen«, sagt sie, die Nase dicht an meiner.

Ich habe nicht die Kraft, mich zu wehren. Nachdem ich ihr mein ganzes Leben lang hinterhergerannt bin.

Wir küssen uns, unsere Lippen und Zungen kommen zusammen, wir atmen ineinander, und es fühlt sich so an, als ob alles in meinem Leben auf genau diesen Moment zugesteuert ist. Es ist alles perfekt, Teil eines größeren Plans für mich und sie und das ganze Universum. Wir küssen uns, und es ist so schön und wunderbar und genau so, wie es sein sollte – als gäbe es wirklich irgendeinen göttlichen Willen, der auf uns beide achtet.

Ich lege die Hand unter ihrer Jacke und dem Pullover und T-Shirt auf ihre schmale Taille, ich spüre ihre warme Haut, und sie drückt sich an mich. Ich lege ihr die andere Hand auf den Rücken, und sie scheint in mich zu fallen, ich küsse sie, und sie küsst mich, und mir ist ganz heiß und ich zittere – und dann zieht sie mich mit sich und sagt: »Lass uns reingehen.«

Ich küsse sie wieder.

»Komm, ich zeige dir unser Haus.«

Ich nehme die Rucksäcke – meinen und ihren.

Sie nimmt meine Hand.

Und wir gehen zusammen weiter.

28

Elizas Mutter, Christina, kann super kochen, genau wie Elizas Dad – obwohl sie es nicht beruflich macht.

Sie macht uns wahnsinnig leckere gegrillte Käsesandwiches und einen Salat mit geröstetem Mais und Kirschtomaten.

Sie hat schwarze Haare und grünblaue Augen wie Eliza, aber ihre Gesichtszüge sind schmaler und feiner. Sie trägt ein langes weites Kleid und eine Kette mit einem ungeschliffenen Kristallanhänger.

Sie ist ein unverbesserlicher Hippie. Das war sie schon immer. Sie steht auf das ganze Öko-Zeugs, Lebensmittel aus der Region und so weiter.

Aber, wie gesagt, sie kocht großartig.

Sie stellt uns die Teller mit den Sandwiches hin, und Eliza fragt, ob ich ein Bier möchte.

»Darfst du Bier trinken?«, fragt Christina, und ich zögere, bevor ich sage: »Klar, warum nicht.«

Mutter und Tochter tauschen einen Blick und dann lächeln sie.

»Ach, was soll's«, sagt Christina. »Ich nehme auch eins.«

Sie holt drei Flaschen Apricot Ale von Pyramid aus dem Kühlschrank, und ich komme mir plötzlich sehr erwachsen vor. Wir sitzen zusammen in ihrer riesigen Küche mit den nagelneuen Geräten und hohen Decken, und es fühlt sich fast so an, als wären Eliza und ich ein erwachsenes Paar in unserer gemeinsamen Wohnung.

Die Tischplatte ist mit einem Mosaik aus leuchtendbunten Kacheln bedeckt. Ich merke, dass ich sie anstarre, als Christina sagt: »Es ist so schön, dich wiederzusehen, Miles. Wie in alten Zeiten, oder? Cheers.«

Sie hält uns ihre Flasche hin, und wir prosten uns zu, und ich schaue zu Eliza, die mich ansieht und lächelt.

»Ach, übrigens«, sagt Christina, »wir fahren über Weihnachten nach Carmel. Ich habe für die Woche eine Ferienwohnung gemietet. Du musst unbedingt mitkommen.«

Arrow, ihr einjähriger Bloodhound, liegt unter meinem Stuhl und versucht, alle Essensreste zu ergattern, die ich ihm zustecken kann. Er nimmt offenbar an, ich als Neuer wisse noch nicht, dass es keine Reste vom Tisch gibt. Und er liegt richtig, ich schmuggele ein Stück meines Sandwichs unter den Tisch, und er schlabbert mir die Hand ab und schlingt das Stück herunter.

»Weißt du noch, wie wir nach Tahoe gefahren sind, als ihr klein wart?«, fragt Christina. »Das war ein Spaß.«

»Natürlich.« Ich sehe Eliza fragend an. »Meinst du wirklich, dass ich mitkommen soll?«

»Auf jeden Fall«, sagt sie begeistert.

»Dann ist es abgemacht. Den kleinen Urlaub gönnen wir uns.«

Christina trinkt ein paar Schlucke von ihrem Bier, und ich tue es ihr gleich.

»Liza ist so glücklich, dass wir wieder hier sind«, sagt sie. »Und sie hat sich so gefreut, dich wiederzusehen.«

Ich senke den Blick und werde ein bisschen rot.

»Es hat mir das Herz gebrochen, dass ihr damals so zerstritten auseinandergegangen seid. Und es tut mir unglaublich leid, dass du so viel durchmachen musstest.«

Ich nicke langsam und atme aus. »Mhm.«

»Das ist so unfair. So was passiert immer den nettesten Menschen. Aber du bist in guter Gesellschaft. Wahnsinn und Genie sind sehr eng verwandt, weißt du?«

»Ja, klar. Nur bin ich leider kein Genie.«

»Na ja, du bist eine sensible Seele. Die Welt braucht mehr Menschen wie dich. Oh Gott, im Vergleich zu diesem Neandertaler, mit dem Liza in New Orleans zusammen war –«

»Mom!«

Ich sehe, dass Elizas Gesicht noch röter wird als meins und sie die Augen aufreißt, als wollte sie ihrer Mutter damit etwas sagen.

»Ich meine ja nur. Du bist eindeutig eine Verbesserung.«

Eliza starrt ihre Mutter immer noch an. »Mom! Bitte!« Dann dreht sie sich zu mir. »Aber sie hat recht. Du bist eine Verbesserung.«

Ich rutsche verlegen auf meinem Stuhl hin und her. »Tja, also ... danke.«

Eliza lächelt lieb.

Wir schauen uns einen Moment wortlos an. Ich spüre den heftigen Drang ihr zu sagen, dass ich sie liebe. Ich meine, ich weiß, das ist bescheuert, weil wir uns in den letzten zwei Jahren so gut wie gar nicht gesehen haben. Aber andererseits ist das alles so verrückt. Es fühlt sich alles so ... so richtig an ... so natürlich. Als hätte irgendeine Macht uns wieder zusammengebracht.

»Ach, ihr seid ja so süß!«, sagt Christina und faltet die Hände.

Eliza und ich werden rot und gucken zu Boden.

»Es ist einfach perfekt«, fährt sie fort. »Oh, und Miles, du musst mir dein Geburtsdatum und vor allem die Uhrzeit deiner Geburt aufschreiben, bevor du gehst. Ich will in deine Sterne gucken, okay?«

»Meinst du, ähm, fürs Horoskop?«

»Ja«, sagt Eliza und verdreht die Augen. »Meine Mutter ist gerade voll auf dem Trip. Aber irgendwie ist es ganz cool. Du wirst überrascht sein, wie treffend die Aussagen sind.«

Christina lächelt. »Natürlich sind sie das. Die Planeten bestimmen die Gezeiten, nicht wahr? Und Menschen bestehen zu fünfundsiebzig Prozent aus Wasser. Es ist einfach nur logisch, dass die Planeten auch uns bestimmen.«

Ich nicke höflich. »Wow, ja, so habe ich das noch nie gesehen.«

Christina stützt sich auf die Ellbogen. Sie trägt eine Strickjacke über dem Kleid mit einer seltsamen Brosche vor der Brust, wie ein Amulett.

»Meine Vermutung ist, dass ihr schon viele Leben zusammen verbracht habt, wieder und wieder. Wie hättet ihr euch sonst so jung schon finden können?«

»Mom, bitte.«

»Tut mir leid, mein Schatz. Du hast recht. Man sollte

nicht so viel darüber reden. Ich überinterpretiere gerne. Bleibst du über Nacht, Miles?«

Die Frage bringt mich aus der Fassung, und ich verschlucke mich und muss husten. Ich meine, oh Mann, wie sehr ich das möchte. Und, oh Mann, wie gerne würde ich ihnen verschweigen, dass meine Mutter total ausrasten würde, wenn ich sie frage. Sie glaubt, dass ich mich mit Eliza treffe, heißt, dass ich wieder richtig durchdrehe – und dieses Mal vielleicht Jane antue, was ich letztes Mal Teddy angetan habe.

Aber ich will bleiben. Unbedingt. Alles ist einfach ... so wie es sein sollte. Ich denke an die Washington-Phillips-Platte. Es passt so erstaunlich gut zusammen, dass ich diese ganze Gospelmusik höre und es sich plötzlich so anfühlt, als gäbe es tatsächlich eine göttliche Kraft in meinem Leben.

Ein kühler Wind weht durch meine Gedanken, und es ist, als nähme diese Kraft all meine Schmerzen und mein Leid und das Leid meiner Familie hinweg. Ich weiß nicht, wie das geschehen soll. Aber es *wird* geschehen. Ich werde mit Eliza zusammen sein, und ich werde Teddy finden.

Meine Mutter wird sich Sorgen machen. Aber bald wird sie es einsehen. Sie wird es verstehen.

Ich schlucke und sehe Eliza an.

»Ich würde echt gerne bleiben«, sage ich.

»Gut«, sagt Christina. »Du bist hier immer willkommen. Fühlt sich gut an, mal wieder einen Mann im Haus zu haben, stimmt's, mein Schatz?«

Eliza lächelt und wird wieder rot und schüttelt den Kopf.

»Ja, oh Mann, Mama. Es reicht, okay? Komm, Miles, wollen wir rausgehen?«

»Ja, klar.«

Ich stelle meinen Teller in die Spüle, und dann gehen Eliza und ich eine rauchen.

Die Brise ist da, kühl und sanft und beruhigend.

Ich öffne die Tür.

Und wir gehen nach draußen.

29

Wir setzen uns auf die oberste Stufe der dunkelrot gestrichenen Veranda. Auf der Straße sind weder Fußgänger noch Autos unterwegs.

»Tut mir leid, dass meine Mutter so anstrengend ist«, sagt Eliza und zieht an ihrer Zigarette. »Sie meint es gut.«

Ich küsse ihren Nacken und ihre Lippen, und sie schmeckt nach Aprikosenbier und Zigaretten. Ich lege den Arm um sie und ziehe sie an mich.

Der Wind bläst den Nebel um uns, wir sind von einer richtigen Nebeldecke umgeben, und sie wird immer dichter. Wir sind allein in einem Traum.

Es gibt nichts als den Nebel und Eliza und mich, und ob ich es ausspreche oder nicht, ich weiß, dass wir verliebt sind, dass das wahre Liebe ist, eine uralte Seelenliebe, die uns von einer Macht geschenkt wurde, die größer ist als wir.

Wir küssen uns und werden zusammen hochgehoben.

Der Nebel trägt uns in die Nacht.

Nichts kann uns berühren.

Wir sind heilig.

Wir sind auserwählt.

Ihr Körper drückt sich an meinen, und ich kann ihr gar

nicht nahe genug sein, ich will meine Haut an ihre nähen, damit wir für immer zusammen sind.

Ich danke Gott.

Ich spreche es aus: »Danke, Gott.«

Ihre Augen leuchten im Dunst.

Das ist der Himmel.

Hier und jetzt.

30

Die Sonne strahlt hell durchs Fenster, und ich drehe mich um und sehe, dass sie wirklich immer noch bei mir ist. Eliza ist da. Hier ist sie – sie liegt auf der Seite, im Slip und einem weißen Unterhemd.

Es ist noch sehr früh, und die Vögel zwitschern laut von den umliegenden Dächern. Eliza scheint tief zu schlafen, aber als ich ihre Wange küsse, blinzelt sie.

Das Zimmer um uns ist weiß und sauber und perfekt, und ihr Bett ist weiß und weich, und sie beugt sich vor und küsst mich, und wir küssen uns, und sie schmeckt sauber und rein, und ich schließe die Augen, und wir küssen uns weiter. Ihr Körper ist so weich und warm unter meinem, und ich küsse ihren Nacken und ihre Schultern. Sie gibt kleine Laute von sich, und ich wandere nach unten und küsse die zarte Haut an ihrem Bauch und ihren Hüften und zwischen ihren warmen Schenkeln.

»Ist das in Ordnung?«, flüstere ich.

Und sie flüstert zurück: »Ja.«

»Bist du sicher?«

»Ja, ja«, sagt sie. »Ich bin sicher.«

Sie kommt mir so klein vor, und ich küsse sie stundenlang, so fühlt es sich an, das Zimmer um uns verschwindet, die Wände fallen zusammen, und es ist, als ob wir schweben, und dann lieben wir uns, und es ist perfekter und unschuldiger und unglaublicher als alles, was ich mir hätte vorstellen oder erträumen können.

Hinterher liegen wir engumschlungen und atmen schwer, und dann endlich ... endlich ... schlafen wir wieder ein. Ich zumindest.

Ich schlafe ein.

Und träume.

Ich träume, dass ich am Strand bin

Am Ocean Beach.

Aber das Wasser ist so weit draußen, dass ich meilenweit laufen muss. Die Sonne ist hell und warm wie an dem Tag, an dem Teddy verschwand.

Ich gehe weiter und versuche, das Meer zu erreichen, und plötzlich sehe ich ihn, er dreht mir den Rücken zu. Seine roten Haare sind zerzaust, und er trägt die gleichen blumengemusterte Surfshorts und das gleiche weite T-Shirt wie damals. Er läuft ebenfalls zum Wasser, und ich laufe ihm nach und rufe: »Teddy, hey, Teddy!« Aber er antwortet nicht und dreht sich nicht um.

Ich rufe und rufe.

Er dreht sich nicht um. Er dreht sich nicht um und gibt kein Zeichen, dass er mich bemerkt hat.

Und als ich losrenne, um ihn einzuholen, wird die Entfernung zwischen uns immer größer.

Bis er schließlich am Wasser ist.

Ich schreie: »Bleib stehen, Teddy, komm zurück!« Ich werde immer panischer.

Es hilft nichts.

Er verschwindet in den Wellen.

Ich schreie.

Plötzlich sinken meine Beine ein. Der Sand ist wie Treibsand und zieht mich runter. Ich werde abwärts gezogen, und das Gewicht des ganzen Strandes presst mir Brust und Lungen zusammen. Ich sinke nach unten.

Und dann höre ich sie.

Die Stimme.

Die Stimme von damals aus dem Toilettenhaus.

Bei ihrem Klang will ich mir die Haut abziehen und schreien, bis nichts mehr in mir ist.

»Miles«, flüstert sie – ätzt sich durch mein Gehirn. *»Miles, hör auf. Hör auf dich zu wehren. Es ist das, was du willst.«*

»N-nein«, keuche ich, doch der Sand verschluckt mich.

Ich schließe die Augen und spüre nur noch eine starke Hitze und das erdrückende Gefühl, dass ich nicht atmen kann.

Dann wache ich abrupt auf.

Es ist spät, das sehe ich sofort – die Nachmittagssonne ist warm und orangefarben.

Eliza liegt immer noch neben mir, aber ich habe ein schlechtes Gefühl im Bauch. Ich weiß nicht, warum ihre Mutter uns nicht zur Schule geweckt hat. Ich taumele ins Bad und drehe den Wasserhahn auf und warte, dass die Welt aufhört, sich zu drehen.

Die Stimme aus dem Traum ist immer noch da und flüstert in meinem Kopf.

Ich dachte, es sei die Stimme Gottes, die mich zu Eliza

geführt hat. Aber das Gegenteil war der Fall. Sie hat mich getäuscht. Sie hat mich vergessen lassen. Sie hat mich verführt, hier zu schlafen, statt nach Hause zu gehen, wie es richtig gewesen wäre, zu meiner Familie. Sie braucht mich. Teddy braucht mich.

Diese Sache hier, mit Eliza, lenkt mich nur ab.

Wegen ihr tue ich den Menschen weh, die ich liebe.

Ich habe meine Eltern belogen. Ich habe ihnen gesagt, dass ich bei Preston übernachte. Wie konnte ich? Ich sehe jetzt ganz klar. Nach allem, was sie wegen mir durchmachen mussten, ist das wie ein Betrug.

Mein Herz schlägt so schnell, dass es beinahe weh tut.

Ich gehe zurück in Elizas Zimmer und ziehe mich an.

»Was ... Wo willst du hin?«, fragt sie und setzt sich auf.

»Ich muss weg«, sage ich mit zitternder Stimme. »Es tut mir leid. Ich hätte nicht bleiben dürfen.«

Sie zieht die Bettdecke um sich. »Was meinst du damit?«

»Nichts. Es tut mir leid. Es liegt nicht an ... Es ist meine Schuld. Das ist alles meine Schuld. Es tut mir leid. Wenn ich ihn gefunden habe, wenn ich alles in Ordnung gebracht habe, können wir zusammen sein. Aber jetzt sollte ich nicht hier sein.«

»Ich glaub es nicht«, sagt sie, aber wie zu sich selbst, sie fängt an zu weinen, und Tränen laufen ihr übers Gesicht.

»Es tut mir leid.«

Ich ziehe schnell meine Schuhe an und laufe zur Tür.

»Miles, warte«, ruft sie.

Aber ich kann nicht. Ich kann nicht.

Ich muss hier weg.

Ich muss sofort hier weg.

Ich laufe die Treppe runter und in die warme Nachmittagssonne hinaus. Der Wind hat sich gelegt. Die Stadt ist ruhig und schimmert im weichen Licht.

Es war ein Fehler, aber ich werde es wiedergutmachen.

Ich werde es meiner Familie sagen.

Und alles wiedergutmachen.

Die Stimme flüstert wieder in meinem Kopf – aber sie sagt jetzt etwas anderes.

»Halte dich von ihr fern«, sagt sie. *»Halte dich fern.«*

Sie sagt, solange ich Teddy nicht gefunden habe, darf ich mich nicht mit ihr einlassen.

Die Nacht mit Eliza war ein Test. Fast wäre ich hineingezogen worden – im Treibsand ertrunken.

Aber ich bin entkommen.

Und jetzt gehe ich in die Schule – auch wenn ich zu spät komme. Und alles wird gut.

Bald habe ich Teddy wieder. Dann ist die Stimme ruhig. Und vielleicht kann ich dann wieder mit Eliza zusammen sein.

Aber im Augenblick ist das egal.

Alles ist egal.

Bis auf meine Familie.

Und Teddy.

31

»Du hast *was*?«, kreischt meine Mutter. »Du hast bei Eliza übernachtet? Und mehr als den halben Schultag verpasst?«

Mein Vater und sie stehen mir gegenüber.

»Waren ihre Eltern wenigstens zu Hause?«, fragt mein Dad.

»Ja, ihre Mutter war da.«

Die Sonne steht tief über den Bäumen am Presidio, und das Haus ist dunkelgrau und voller Schatten.

»Warum hast du uns angelogen, Miles?«, fragt mein Dad.

Meine Mutter fährt dazwischen, bevor ich antworten kann. »Was macht das schon für einen Unterschied? Er hat uns angelogen. Nach allem, was war. Oh mein Gott.«

»Mom, es tut mir leid.«

Ich setze mich aufs Sofa und bemerke, dass Jane aus ihrem Zimmer zu uns rübersieht. Ich sage: »Ich weiß, dass ich Mist gebaut habe. Ich weiß es. Aber ich werde es wiedergutmachen. Versprochen.«

»Wie denn?«, schreit meine Mutter. »Das kannst du gar nicht. Du kannst es nicht ungeschehen machen. Du hast uns angelogen. Das können wir dir nicht verzeihen.«

Mein Dad setzt sich neben mich aufs Sofa und legt mir

seine große Hand auf die Schulter. »Nein. Nein, es ist in Ordnung.«

»Nein, ist es nicht!«, schreit meine Mutter. »Sam, red ihm nicht ein, dass es in Ordnung ist. Ich habe keine Lust mehr, dass du mich immer als die Böse hinstellst.«

Mein Dad seufzt laut. »Liebling, darum geht es doch gar nicht. Er hat es uns gesagt, oder etwa nicht? Er weiß, dass er uns nicht hätte anlügen sollen.«

»Aber er hat es getan«, sagt meine Mutter. Und zu mir: »Du hast gelogen. Darum geht es. Das kann ich nicht akzeptieren.«

»Du hast recht«, sage ich. »Mom, du hast recht. Ich widerspreche dir gar nicht. Und es tut mir sehr leid. Ich verspreche, ich werde es nie wieder tun.«

Meine Mutter kommt mit ihrem Gesicht nahe an meins. Sie hat Tränen in den Augen – ich auch.

»Warum soll ich dir glauben? *Wie* soll ich dir glauben?«

»Es tut mir leid«, wiederhole ich wie ein Idiot.

Sie setzt sich neben mich aufs Sofa, vergräbt das Gesicht in den Händen – und weint und weint.

»Ist ja gut«, flüstert mein Vater und legt ihr die Hand auf den Rücken. »Bitte, Liebling, es ist alles gut.«

»Es tut mir leid«, sage ich zu ihnen. »Es tut mir leid, es tut mir leid, es tut mir leid.«

Meine Mutter weint immer noch.

»Ich ...«, sagt sie durch ihre Tränen. »Ich ertrage das nicht.«

Ich ziehe die Knie an die Brust und wiege mich auf dem Sofa vor und zurück.

»Ich mache es wieder gut«, flüstere ich, eher zu mir als zu

ihnen. Und dann, lauter: »Ich mache es wieder gut. Ich verspreche es. Ich mache alles wieder gut.«

»Ist gut«, sagt mein Vater. »Vielleicht gehst du jetzt mal eine Weile in dein Zimmer.«

»Ich mache es wieder gut«, wiederhole ich.

Ich stehe auf und gehe in mein Zimmer.

Und lasse sie allein – ohne mich sind sie besser dran.

32

Etwa eine Stunde später komme ich ins Wohnzimmer. Meine Eltern und Jane gucken einen alten Schwarzweißfilm im Fernsehen, den ich nicht einordnen kann. Jane steht vom Sofa auf, als sie mich sieht, kommt zu mir und umarmt mich, und ich gebe ihr einen Kuss auf den Kopf.

»Psst«, sagt meine Mutter. »Ruhe jetzt, das ist die beste Stelle.«

Sie meint den Film, und ich erkenne plötzlich, dass es *Wer die Nachtigall stört* mit Gregory Peck ist – die Gerichtsszene.

»'Tschuldigung«, flüstere ich.

Jane und ich gehen zum Sofa, und ich lege mich auf den Boden und gucke mit. Und obwohl ich weiß, dass sie alle böse auf mich sind, ist es schön, hier zu sein – zu Hause – mit meiner Familie.

Jane hält die ganze Zeit meine Hand. Gregory Peck spricht, dann kommt Scout, und ich atme den vertrauten Geruch unseres Hauses ein und den Duft des Weihnachtsbaums, den sie gestern nach der Schule aufgestellt haben müssen, als ich weg war. Er ist ein bisschen strubbelig und das Grün wirkt ausgeblichen, aber er ist schon geschmückt und die elektrischen Kerzen verbreiten ein warmes Licht.

Mein Vater sitzt neben meiner Mutter und nippt an seiner Tasse, und sie lehnt sich an ihn.

Das ist meine Familie, und ich liebe sie mehr als alles andere.

Ich drehe mich auf die Seite, ziehe mir die Jacke aus und lege sie über mich wie eine Decke.

Gerade läuft Werbung, und der Nachrichtensprecher erscheint auf dem Bildschirm. »Lotto-Jackpot so hoch wie noch nie – fünfundneunzig Millionen Dollar. Mehr dazu in den Nachrichten um dreiundzwanzig Uhr«, sagt er.

Tränen brennen in meinen Augen, und ich weine vor mich hin.

Ich weine, weil ich glücklich bin.

»Ich mache es wieder gut«, sage ich laut.

Mein Dad streicht mir mit seiner großen, schwieligen Hand über den Rücken.

»Ich schwöre, ich mache es wieder gut.«

33

Der Bus bremst abrupt und ich werde gegen die harte Plastiklehne des Vordersitzes geschleudert. Ein kräftiger Mann mit eingesunkenem, grauem Gesicht dreht sich um und starrt mich an.

»Entschuldigung«, sage ich.

Er gibt keine Antwort. Das Licht fällt grau und trüb durch die zerkratzten Fensterscheiben.

Ich nehme mein Buch wieder auf und versuche weiterzulesen.

Doch meine Augen können sich nicht konzentrieren. Die Worte verschwimmen, und ich denke immer wieder, wie perfekt alles zusammenpasst.

Alles, mein ganzes Leben, ist auf diesen Moment zugesteuert – heute, jetzt.

Der Bus rumpelt den Highway entlang, wird langsamer und versinkt immer mehr im Nebel.

Um zum Ocean Beach zu fahren, bevor meine Eltern von der Arbeit kommen, musste ich die letzten beiden Schulstunden sausenlassen. Aber wenn ich mit Teddy zurückkomme, werden sie mir wohl verzeihen.

Denn ich werde Teddy finden.

Der Kreis schließt sich. Das sehe ich ganz klar.

Die Stimme in meinem Kopf ist wie ein sanfter Wind – sie sagt mir, dass ich ihn finden werde.

»Du wirst ihn finden. Du wirst alles wiedergutmachen.«

An der Haltestelle in der Nähe des Spirituosengeschäfts steige ich aus. Der Nebel ist dicht und schwer, aber es ist warm. Die Wärme durchströmt mich, meine Lungen weiten sich und ziehen sich zusammen, und meine Hände zittern, als ich versuche, mir eine Zigarette anzuzünden.

Das Spirituosengeschäft ist nur wenige Blocks von hier entfernt, und ich laufe langsam und gehe im Kopf meinen nicht so wahnsinnig durchdachten Plan durch. Die Stimme, die Kraft, wird mich leiten. Aber ich brauche einen guten Platz, an dem ich auf Tolliver warten kann, ohne zu viel Aufmerksamkeit auf mich zu ziehen.

Die Straßen sind leer, zumindest im Moment – halb drei an einem Freitagnachmittag –, aber ich nehme an, sobald die Schule aus ist und die Leute von der Arbeit kommen, wird hier mehr Betrieb sein. Neben dem Spirituosengeschäft an der Ecke befindet sich eine kleine KFC-Filiale und daneben eine Autowerkstatt. Gegenüber ist ein altes Reisebüro, das aussieht, als sei es seit den Neunzigern geschlossen. *Frisco Reisen* steht auf dem Schild. Daneben befindet sich noch eine Scheckeinlösestelle, und ich beobachte einen alten Mann, der sehr langsam, vornübergebeugt und anscheinend unter Schmerzen, durch die Schwingtür nach draußen und durch den Nebel zu seinem silbernen Buick geht.

Eine schwarzweiße Katze mit einem Glöckchen um den Hals schießt die Straße entlang und verschwindet in einer Seitengasse.

Ich ziehe an meiner Kippe und konzentriere mich auf das Spirituosengeschäft.

Ein glänzender neuer Pickup-Truck fährt vor, und ein sehr großer, sehr schlanker Mann in braunen Stiefeln springt auf den grauen Asphalt. Es ist nicht Simon Tolliver.

Ich stelle mich darauf ein, zu warten.

Das Warten zieht sich hin.

Aber der Wind in meinem Kopf erfüllt meinen Körper mit Ruhe. Ich bin genau da, wo ich sein muss. Das glaube ich nicht nur, das *weiß* ich bis auf den Grund meiner selbst.

Ich sitze hier und beobachte den Eingang des Geschäfts.

Die Stunden ziehen vorbei.

Einmal gehe ich rein und kaufe mir ein Wasser, einen Kaffee und ein paar Kekse. Es steht wieder der Koreaner hinterm Tresen, aber er scheint mich nicht zu erkennen.

Ich setze mich auf den Bordstein und esse die Kekse. Der Nebel wird dichter, die Sonne sinkt, und die Welt um mich wird dunkler. Doch ich sitze hier und warte.

Die Zeit vergeht.

Und dann sehe ich ihn.

Einen weißen Ford Explorer – der gleiche Wagen, in den Dotty Peterson Teddy hat steigen sehen.

Er fährt auf den Parkplatz, und ein Mann steigt aus. Keine Frage: Es ist Simon Tolliver.

Er ist groß und sehr dünn, hat eine Halbglatze und eine Brille. Er trägt eine Arbeitsjacke und einen Kapuzenpullover, und seine Jeans steckt in kniehohen Gummistiefeln. Seine Jacke ist mit Dreck bespritzt, und er trägt rissige

Lederhandschuhe, obwohl es, wie gesagt, nicht wirklich kalt ist.

Er geht mit gesenktem Kopf in den Laden.

»*Jetzt*«, flüstert die Stimme in meinem Kopf.

Ich renne zum Auto und versuche, irgendetwas darin zu erkennen. Ich weiß, dass ich nicht viel Zeit habe. Mein Herz schlägt schnell, und meine Augen können sich nicht konzentrieren. Ich atme durch. Auf der Rückbank liegen Werkzeuge und eine Plane, und ohne nachzudenken öffne ich die hintere Tür und steige ein, schlage die Tür zu und krieche unter die Plane. Wenige Augenblicke später höre ich, wie die Fahrertür geöffnet wird und der Mann einsteigt. Ich halte den Atem an und warte darauf, dass er mich findet – die Plane zurückschlägt und mich an Ort und Stelle umbringt –, aber das tut er nicht. Er startet den Motor, und aus dem Radio ertönt leise ein altmodischer, näselnder Country Song.

Ich spüre, wie der Wagen zurücksetzt und wendet.

Wo zum Teufel er auch hinfährt, ich komme mit. Jetzt gibt es kein Zurück mehr. Ich mache mich ganz klein und versuche, mich an der Stimme festzuhalten, an der kalten Brise in meinem Kopf. Die Stimme wird mir sagen, was ich tun muss. Sie wird mich beschützen.

Das Auto fährt über eine Unebenheit, ich werde gegen den Rücksitz geschleudert, und die Werkzeuge klappern.

Doch soweit ich das beurteilen kann, hat Tolliver nach wie vor keine Ahnung, dass ich hier bin. Ich ziehe mein Handy aus der Tasche und vergewissere mich, dass es lautlos gestellt ist. Ich habe drei verpasste Anrufe von meinem

Vater und einen von Eliza. Im Augenblick kann ich die Mailbox schlecht abhören. Mein Vater macht sich wahrscheinlich Sorgen und will wissen, wo ich bin. Meine Mutter hat ihn sicher gebeten, mich anzurufen. Sie werden beide sehr ärgerlich sein. Aber wenn sie sehen, dass ich Teddy habe, dass ich ihn befreit habe, werden sie mir verzeihen.

Ich umklammere einen großen eisernen Schraubenschlüssel, um eine Waffe zu haben, falls ich mich wehren muss. Die Stimme flüstert mir zu, dass ich mir keine Sorgen machen soll – dass sie mich nicht im Stich lassen wird. Ich halte ganz still.

34

Der Wagen fährt eine Ewigkeit, bis er endlich langsamer wird und auf einen Weg abbiegt, der sich steinig anfühlt. Ich werde unter der Plane durchgeschüttelt, bis das Auto endlich anhält, Tolliver den Motor abschaltet und die Fahrertür geöffnet und wieder zugeschlagen wird.

Ich höre das gleichmäßige Geräusch der Grillen. Ich schlage die Plane zurück. Die Nacht ist dunkel. Der einzige Lichtschein fällt durch die Fenster eines kleinen Farmhauses auf ein Gemüsebeet und Teile eines alten Traktors am Boden.

Ich krieche über den Rücksitz und schalte das Deckenlicht aus, damit es nicht automatisch angeht, dann öffne ich die Tür, steige aus und schließe sie leise wieder.

Nach allem, was ich erkennen kann, muss das hier einer der kleinen Bauernhöfe oberhalb der Steilküste sein. Der Nebel ist dicht, und in der Ferne ruft eine Eule.

Gebückt nähere ich mich dem Haus von der Seite. Neben einem der Fenster befindet sich ein Holzstapel, und ich klettere darauf, um einen Blick durch die zugezogenen Vorhänge zu werfen. Ich kann gerade so die Ecke eines Raumes erkennen, der das Wohnzimmer sein könnte. Ich sehe Parkettboden und eine gelbe Wand, aber das ist alles.

Dann sind da plötzlich der Schatten und die Stimme eines kleinen Jungen, etwa zehn Jahre alt.

»Nein, nein«, ruft er.

Tolliver stolpert in den Raum und hält ihn fest. »Komm schon. Es ist alles in Ordnung.«

Er schiebt den Jungen vor sich her, und einen Augenblick lang sehe ich ganz klar die Umrisse der beiden.

Tränen schießen mir in die Augen, und ich hole tief Luft.

Es ist Teddy.

Gott sei Dank.

Es ist Teddy, und ich habe ihn gefunden, und alles ist gut.

Ich greife nach meinem Handy, um die Polizei zu rufen.

Aber mein Handy ist nicht da. Es muss mir im Auto aus der Tasche gefallen sein.

Ich laufe zurück und wühle durch die Werkzeuge und den anderen Kram. Endlich finde ich mein Handy und schalte es ein, aber ich habe keinen Empfang.

Ich will es nicht glauben, aber mir bleibt nichts anderes übrig, als selbst da reinzugehen. Ich greife wieder nach dem rostigen Schraubenschlüssel und umklammere ihn fest. Mühsam atmend gehe ich zurück zum Haus.

Doch dann taucht am Ende des Feldwegs ein weiteres Licht auf, und ich sehe mit offenem Mund, dass es sich nähert. Noch ein Auto. Es steht schon fast vor mir, als ich mich endlich bewegen kann – ich schaffe es gerade noch in den Schatten des Hauses und kauere mich dort zusammen.

Das Auto ist ein schwarzer Sedan, ein Mann steigt schnell aus, eine schwarze Ledertasche in der Hand. Er geht zur

Tür und klopft. Eine Sekunde später lässt Tolliver ihn herein.

Ich steige wieder auf den Holzstapel und warte.

Der Mann, der gerade gekommen ist, hat eine sehr tiefe Stimme, und ich höre ihn rufen: »Halt ihn fest. Halt ihn am Boden.«

Meine Kehle schwillt an, und ich spüre das Adrenalin durch meinen Körper rauschen – direkt in mein Gehirn.

Ich steige hinunter.

Ich halte den Schraubenschlüssel fest in der Hand und gehe ums Haus zum Eingang.

Ich drücke die Klinke und ziehe die Tür auf. Ein seltsamer, moschusartiger Geruch schlägt mir entgegen, und die Beleuchtung ist spärlich. Die Stimmen kommen von links, ich hole tief Luft und stürme geradewegs in das Zimmer. Ich schwenke den Schraubenschlüssel über meinen Kopf. Ich kann nichts mehr hören, weil mein Herz so verdammt laut hämmert. Ich zittere und schreie und spüre die Hitze am ganzen Körper.

»Lasst ihn los! Lasst ihn los!«, brülle ich so laut ich kann.

Tolliver dreht sich zuerst um und packt mein Handgelenk, seine Hand ist verdammt stark, und er schüttelt meinen Arm, so dass der Schlüssel runterfällt, und da schwinge ich die andere Hand und schlage ihm ins Gesicht.

»Was zum Teufel?«, schreit er.

Der andere Mann, der mit der tiefen Stimme, packt mich von hinten und wirft mich zu Boden.

Ich schlage auf dem Parkett auf, schaue zum Sofa und sehe Teddy, mit einem Lappen vor dem Gesicht. Ich versuche aufzustehen, aber der Typ mit der tiefen Stimme hält mich fest.

»Ruf die Polizei«, schreit er. »Ich halte ihn.«

»Nein, *ich* rufe die Polizei«, brülle ich. »Teddy! Teddy, ich bin es!«

Der Mann mit der tiefen Stimme beugt sich über mich und presst meine Arme auf den Boden. »Hör auf. Wer bist du? Was redest du da?«

Da schreit Teddy auf und übergibt sich auf den Teppich neben mir.

Tolliver läuft zu ihm und nimmt ihn hoch.

»Oh Gott, Doc, er ist so krank. Sie müssen ihm helfen.«

Der Mann, den er Doc genannt hat, schaut zu Tolliver auf. »Was ist mit dem hier?«

»Ich kümmere mich um ihn. Hier, helfen Sie mir.«

Teddy schreit wieder und übergibt sich über sein T-Shirt.

»Oh Gott«, sage ich. »Teddy! Was haben Sie ihm angetan?«

Der Mann, der Doc, steht auf und nimmt Teddy auf seinen Arm.

»Junge«, sagt Tolliver und schüttelt meine Schultern, »hier gibt es keinen Teddy. Mein Sohn ist krank. Siehst du das nicht? Mach besser, dass du verschwindest.«

»Ihr Sohn?«, schreie ich weiter. »Er ist mein Bruder! Sie haben ihn entführt!«

»Simon«, ruft der Doc aus dem Bad.

Ich suche nach dem Schraubenschlüssel, aber er ist nicht mehr da. Tolliver geht zum Bad und ich renne ihm hinterher.

Das Wasser rauscht laut.

»Junge«, sagt er, »ich weiß nicht, wovon du redest. Mein Junge – mein Sohn – ist krank.«

Teddy liegt nackt in der Badewanne, die sich mit Wasser füllt. Seine Augen sind fast geschlossen, und sein Gesicht ist rot und verschwitzt, gleichzeitig zittert er vor Kälte.

»Das ist mein Bruder! Das ist Teddy! Was haben Sie ihm angetan? Teddy!«

Tolliver packt mich am Handgelenk und schubst mich in eine sitzende Haltung auf die Fliesen, und der Doc kommt zu mir und hält mir den Finger ins Gesicht.

»Wer bist du?«, fragt er. »Was machst du hier? Hör zu, *hier gibt es keinen Teddy.«*

Tolliver packt mich wieder am Handgelenk und zieht mich auf die Füße. »Siehst du? Das ist mein Sohn, Colin. Er ist krank.«

Ich starre Tolliver an und – sehe Freundlichkeit in seinen dunklen Augen. Er hat ein großes, breites Gesicht, und er ist überhaupt ziemlich groß und breit. Seine Haut ist rötlich braun, und er hat große Hände mit langen Fingern. Eine dieser Hände legt sich sacht auf meine Schulter.

»Junge, du bist verwirrt. Warum fängst du nicht von vorne an und sagst uns erst mal, wer du bist.«

Ich stammele, ich bin so enttäuscht, dass ich die Tränen nicht zurückhalten kann. »Mein Bruder, er wurde vor zwei Jahren am Ocean Beach entführt, und jetzt ist er hier. Er ist bei Ihnen.«

Tolliver schüttelt den Kopf, aber sein Blick wird weich, und ich sehe Mitleid darin.

»Junge«, sagt er. »Junge, komm her, schau dir meinen

Sohn an. Schau ihn dir gut an. Ganz langsam. Tief einatmen. Schau hin. Das ist Colin. Mein Sohn.«

Meine Schultern sacken zusammen, und ich tue, was er sagt. Ich schaue mit tränenden Augen Teddy an. Ich reibe mir die Augen und schaue wieder hin.

Der Junge ist blass geworden, seine Lippen sind bläulich angelaufen, und er zittert schrecklich. Die Haare kleben ihm am Kopf – dunkelbraune Haare, eine breite Stirn, schmale, zitternde Lippen.

Dunkelbraune Haare.

Es ist nicht Teddy.

Er sieht Teddy nicht einmal ähnlich – überhaupt nicht.

Teddy hat rote Haare und Sommersprossen. Teddys Nase war gebrochen, als er sechs war, und seitdem ist sie ein bisschen krumm. Teddy hat einen großen Mund und große grüne Augen.

Ich stütze die Hände auf den Rand der Badewanne und versuche, das Gleichgewicht zu halten. Die Tränen kommen so heftig, dass ich kaum atmen kann.

»Er ist es nicht«, schluchze ich. »Es ist nicht Teddy.«

Simon Tolliver legt den Arm um mich.

»Ganz ruhig, alles ist gut«, sagt er. »Ich erinnere mich jetzt. Dieser Fall. Der Junge, der vor zwei Jahren am Ocean Beach entführt wurde? Teddy ... ähm ... Bryant? Ist er das?«

»Mhm«, mache ich. »Teddy Bryant Cole.«

»Aber wie bist du darauf gekommen, dass er hier ist?«, fragt der Doc und legt dem Jungen – der nicht Teddy ist – einen feuchten Waschlappen auf die Stirn.

»Der ... der Polizeibericht«, stammele ich. »Sie waren meine letzte Chance.«

Ich spüre Tollivers Hand, die mir den Rücken reibt, und will plötzlich nur noch nach Hause.

»Es ist gut«, sagt er. Dann dreht er sich zu dem Arzt. »Doc, Sie wissen das nicht, aber ich habe eine ... schwierige Vergangenheit. Ich war im Gefängnis und ... ich habe einige schlechte Sachen getan. Aber ich habe mich geändert. Ich war in Therapie, und ich habe Cheryl kennengelernt. Ich habe mich geändert. Es ist schon Jahre her.« Und zu mir: »Aber ich verspreche dir, Junge, ich habe nichts mit dem Verschwinden deines Bruders zu tun. Ich habe nichts getan.«

Der Arzt räuspert sich. »Dafür haben wir jetzt keine Zeit. Holen Sie Colins Kleidung, und machen Sie seine Tasche fertig. Und eine Decke, in die wir ihn einwickeln können. Wir müssen sofort los. Alles andere ist jetzt egal.« Er beugt sich vor und zieht den Stöpsel aus der Wanne.

»Ja, gut. Danke«, entgegnet Tolliver. »Wir kümmern uns um dich, Junge, mach dir keine Sorgen«, sagt er zu mir.

Dann geht er, und der Arzt nimmt mehrere weiße Handtücher aus dem Regal.

Er reibt den Körper des Jungen ab und sagt mit zusammengebissenen Zähnen: »Ich weiß nicht, was du dir dabei gedacht hast, hier so reinzuplatzen. Du hättest dabei draufgehen können. Du hast verdammt Glück, dass Colin gerade so krank ist. Simon hätte dich für einen Einbrecher halten und auf dich schießen können.«

»Es tut mir leid«, flüstere ich.

Er ruft nach Tolliver und legt dem Jungen die Hand auf die Stirn. »Simon, wir müssen los.«

Der Arzt hebt den Jungen hoch, und Tolliver kommt und wickelt ihn in eine Decke, die aussieht wie vom Militär.

»Also gut, dann los jetzt«, sagt der Arzt. »Junge, wir setzen dich an der Polizeistation auf dem Weg ab.«

»Nein«, flehe ich. »Nein, bitte, ich will nur nach Hause.«

Er nickt. »In Ordnung, na los, beeil dich. Komm jetzt.«

Wir gehen alle zusammen aus dem Haus, Tolliver mit seinem Sohn auf dem Arm.

Der Arzt startet den Wagen.

Tolliver hält seinen Jungen.

Wir fahren zum Krankenhaus.

Und ich denke an Teddy.

Der Nebel schnürt sich immer dichter um uns.

Und wir fahren.

35

Der Bus vom Mercy Hospital über den Freeway 101 rumpelt durch die Nacht. Hier oben ist der Nebel wie weggeblasen, und der schwarze, sternenlose Himmel reflektiert den giftigen Schein der Lichter der Stadt.

Außer mir ist nur noch ein junger Mann im Bus, wahrscheinlich kaum älter als ich, er trägt große Kopfhörer und nickt mit dem Kopf zur Musik.

Ich sitze in der hintersten Reihe, die Knie an die Brust gezogen, und wiege mich vor und zurück.

Simon Tolliver und der Arzt waren wahnsinnig nett zu mir. Ich musste ihnen mehrmals versprechen, sofort nach Hause zu fahren. Tolliver hat mir sogar ein bisschen Geld gegeben.

Sie haben mich in den Bus gesetzt und sich davon überzeugt, dass ich alles habe, was ich brauche. Sie waren echt unglaublich lieb. Ich bin dankbar.

Und so verdammt traurig.

Denn jetzt ist es endgültig vorbei.

Teddy ist fort. Das spüre ich in mir, wie ich zuvor gespürt habe, dass er lebt. Es ist, als wäre das Wissen tief in mir drin, tief und echt und durchdringend. Teddy ist tot.

Die Stimme flüstert – die kühle Brise weht mir durch

den Kopf und beruhigt mich. Sie sagt, es sei nicht Gottes Plan gewesen, dass ich Teddy rette, sondern dass ich seinen Tod akzeptiere und mich selbst rette. Vorher konnte ich mein Leben nicht weiterleben. Jetzt kann ich es.

Ich kann weiterleben und endlich, ganz und gar, mit Eliza zusammen sein. Das ist Gottes Wille. Es flüstert in meinen Ohren und kühlt mein Gehirn, sosehr ich auch um Teddy trauere und die Tränen in meinen Augen brennen.

Ich lege mein Gesicht an die Plastikscheibe des Busses. Meine Hände zittern, ich weine und denke an Teddy und erinnere mich, wie er war. Ich sehe ihn vor mir, wie er an jenem Tag den Strand entlangrennt. Er watet durchs Wasser, das blau und ruhig und klar ist. Ich weiß nicht, wie der verdammte Ozean ihn verschluckt haben soll. Aber er hat es getan. Er hat ihn verschluckt.

»Eliza«, flüstert die Stimme.

Ja, Eliza. Sie ist das fehlende Teil.

Ich muss zu ihr.

Ich muss zu ihr, und zwar sofort. Ich werde ihr alles sagen. Ich werde ihr alles erklären.

Weil es vorbei ist. Und wenn ich das alles überlebe, dann nur, wenn ich bei ihr bin. Ich bin bereit, und nichts kann mich aufhalten.

Hitze durchströmt meinen Körper, und der Schweiß rinnt mir über Nacken und Rücken. Ich steige aus und nehme bei Fulton den Bus Richtung Hayes Street. Von dort aus sind es nur wenige Minuten zu Fuß am Park entlang bis zu Elizas Haus.

Ich gehe die Stufen hoch.

Die Krähen versammeln sich. Sie positionieren sich am Rand meines Blickfelds auf den Kabeln rund ums Haus. Sie rupfen mit ihren scharfen, spitzen Schnäbeln an ihren Federn. Sie putzen sich. Rollen die Köpfe. Starren mit ihren glänzenden schwarzen Haifischaugen umher.

Ich drücke gegen die Tür, und sie gibt nach.

Die Krähen krächzen mich an und breiten die Flügel aus. Sie kommen näher und flattern auf das Geländer und auf den Beton unter meinen Füßen.

Dutzende weitere Krähen setzen sich auf die Kabel, den Rasen, die Bäume. Einige hocken auf dem Dach des Autos, das in der Einfahrt parkt.

Das Auto. Es gehört nicht Eliza. Auch nicht ihrer Mutter.

Furcht breitet sich in meinem Bauch aus und schießt meine Wirbelsäule entlang. »Eliza?«, rufe ich. Keine Antwort.

Ich gehe ins Haus und suche mit den Augen das Wohnzimmer ab. Die Krähen – sie sind auch hier. Auf dem Teppich, in den Bücherregalen.

Immer mehr drängen kreischend ins Zimmer, von draußen und aus dem Obergeschoss.

Ich höre einen Schrei.

Es ist Eliza.

Und wieder die Stimme, sie flüstert. *»Die Krähen haben sie.«*

Ich renne die Treppe hoch zu ihrem Zimmer. Die Vögel kreischen alle zugleich.

Ich stoße die Tür auf.

Eliza liegt auf dem Bett und ist über und über von Krähen bedeckt. Sie schreit und kreischt, während die Krähen sie zerfetzen.

»Aufhören«, schreie ich. »Aufhören! Runter von ihr!«

Ich greife nach ihren schmierigen Körpern. Ziehe sie von ihr, ziehe sie weg, würge sie, immer wieder. »Ich bin bei dir, Eliza. Ich bin bei dir!«

Ich schwinge die Fäuste und schlage und reiße und ziehe, bis ich fühle, dass an meinen Händen Blut klebt. Ich will sie zerreißen, weil sie sie angerührt haben. Ich will sie umbringen.

»Miles! Oh Gott, was machst du?«, schreit Eliza.

»Weg! Weg!«, schreie ich die Krähen an und schlage weiter nach ihnen.

»Miles, hör auf!«

Die Krähen stürzen sich auf mich, und ich falle zu Boden. Ich stoße auf das Parkett und schlage hart mit dem Kopf auf.

Eliza kniet sich vor mich. »Miles!« Mein Blick ist verschwommen, und ich blinzle immer wieder.

Eliza hat sich in ein Laken gewickelt. Ich drehe mich nach den Krähen um, bereit, den nächsten Angriff abzuwehren. Aber die Krähen sind weg. Verschwunden.

Auf dem Boden neben dem Bett ist plötzlich dieser Typ – wie heißt der noch? Von Prestons Party. Er hält sich den blutigen Mund und die Nase. Und er ist nackt.

»Was ist hier los?« Ich schüttele den Kopf und versuche zu verstehen.

»Kumpel, Miles, es ist nicht, was du denkst«, sagt der Typ und steht auf. Ich erinnere mich jetzt – Kevin.

»Warte ... was?«

Ich drehe mich zu Eliza.

Und verstehe.

»Scheiße«, sage ich.

Dann falle ich auf die Knie und übergebe mich. Die heiße Brühe kommt mir aus Mund und Nase.

»Miles!«, schreit Eliza. »Miles ... Oh Gott!«

Der Typ geht zum Bett und zieht sich an. Er lacht leise vor sich hin und sagt: »Ihr seid doch beide total durchgeknallt.« Dann nimmt er seine Schuhe und Socken und verlässt das Zimmer.

Ich übergebe mich noch einmal, als er an mir vorbeigeht.

»Scheiße«, sage ich wieder.

Eliza kommt zu mir und will mir helfen, aber ich schreie sie an, dass sie mich in Ruhe lassen soll.

Ich stehe auf, zitternd, schwer atmend.

»Es tut mir leid«, sagt Eliza flehend und setzt sich aufs Bett. »Es tut mir leid. Es tut mir leid.«

»Nein!« Ich schreie aus den Tiefen meiner Lunge. »Verdammt! Fick dich!«

Ich stolpere und stürze zu Boden, stehe wieder auf und renne die Treppe hinunter.

Ich will schreien und kämpfen und mich in Stücke reißen.

Draußen ist die Luft kalt und still.

Die Krähen sind verschwunden.

Wie alles in meiner verdammten Welt.

36

Es ist dunkel, und alle schlafen, als ich nach Hause komme.

Ich gehe leise in das Büro meines Vaters und dann ins Bad.

Das Messer, das ich nehme, war ein Hochzeitsgeschenk an meine Eltern, das nie benutzt wurde – zumindest soweit ich weiß. Es ist ein japanisches Messer – groß, fast wie ein Schlachtermesser. Es liegt in einer edlen Holzkiste in der obersten Schreibtischschublade meines Vaters.

Ich nehme das teure Messer, weil ich weiß, dass es scharf ist – viel schärfer als die lausigen Ikea-Messer, die wir in der Küche haben.

Ich nehme das Messer mit ins Bad und ziehe mir eine Jogginghose an – ich habe keine Lust, nackt zu sein, wenn sie mich finden.

Ich sitze im Schneidersitz und lehne mich gegen die schimmligen Fliesen.

Die Wassertropfen, die von der letzten Dusche übrig sind, ziehen in den Stoff meiner Hose, und der Geruch nach Seife und Shampoo ist sehr stark.

Ich atme langsam aus.

Das Bad ist klein und eng, und die Beleuchtung ist grell. Ich hätte lieber ein paar Kerzen oder so, aber ich muss wohl mit dem vorliebnehmen, was ich habe.

Es gibt keine Bilder hier drin – nur den Spiegel über dem Waschbecken und jede Menge Toilettenartikel und getrocknete Blumen und Badesalze und die hübschen Parfümfläschchen meiner Mutter, die sie nie benutzt.

Ich beschließe, rechts anzufangen, weil meine rechte Hand kräftiger ist und ich danach die andere Seite fertigmachen kann.

Die Stimme flüstert leise und sagt, es sei das, was ich verdient habe. Ich habe alles zerstört. Es ist nichts mehr übrig.

»Du bist ein Parasit«, sagt sie zu mir. *»Du bist nicht stark genug, um zu überleben. Du bist deiner Familie eine Last. Du bist der Menschheit eine Last. Du bist krank, kaputt. Die Welt ist ohne dich besser dran.«*

Sie sagt mir, was ich tun soll.

»Nimm das Messer«, sagt sie. *»Beginn mit der rechten Seite.«*

Und ich tue, was sie sagt. Ich nehme das Messer in die linke Hand und schneide in mein rechtes Handgelenk. Ich versuche, es schnell zu tun, nicht nachzudenken. Ich ziehe das Messer schnell und gerade längs über die Adern. Es beißt höllisch. So viel kann ich sagen. Es beißt und brennt und tut verdammt weh.

Es tut so weh, dass mir das Messer aus der Hand fällt. Ich ringe nach Atem, als wäre ich in eiskaltes Wasser gesprungen. Tausende Nadeln stechen mich, und das Blut kommt – dunkel, lila, purpur, schwarz.

Doch irgendwie kann ich das Messer mit der rechten Hand fassen, wie geplant. Ich beiße die Zähne zusammen und ziehe es schnell, wenn auch weniger tief, über das andere Gelenk.

Dann muss ich mich übergeben. Ich falle zur Seite und kotze in den Abfluss. Ich würge und huste und schlucke, als das Erbrochene in meinem Hals hochsteigt und herausdrängt. Ich bin mit Blut und Kotze bedeckt und spüre, dass ich das Bewusstsein verliere.

Aber ich muss noch den Notdienst rufen, damit er mich vor meinen Eltern findet – oder, Gott verhüte, Jane. Das wäre schlimmer als alles andere. Das darf auf keinen Fall passieren – auf gar keinen Fall.

Ich stütze mich mühsam auf und nehme mein Handy. Zum Glück lässt sich 911 leicht wählen, selbst mit aufgeschlitzten Pulsadern – ist vermutlich auch der Sinn der Sache.

Meine zitternden Finger finden die Ziffern, und ich warte und kämpfe, um bei Bewusstsein zu bleiben.

Klick.

»Notrufzentrale, was kann ich für Sie tun?«

Mein Atem geht schnell und flach, und ich bekomme kaum die Worte heraus.

»E-... es gab einen Un-... Nein, ich ... ich habe mich umgebracht.«

Pause.

»Was? Entschuldigen Sie, was? Können Sie das wiederholen?«

Ich atme.

»Ich ... ich ... Ich habe mich umgebracht. 1717 Clement Street.«

»Sie haben sich umgebracht?«

Ich schließe die Augen.

»Was? Hallo, sind sie noch da? Bitte bleiben Sie dran.«

Ich bin plötzlich müde – so verdammt müde.

Der Vorhang fällt.

Dann ist es dunkel.

Teil 3

37

Ich brauche einen Moment, um einzuordnen, was geschehen ist und wo ich bin.

Grell blendendes Licht. Etwas knebelt mich, so dass ich nicht sprechen kann. Aber ich muss sprechen. Ich brauche sofort Hilfe. Eine riesige Plastikröhre steckt in meinem Hals, meine Augen tränen, und ich würge, während ich rufe: »Aaaghhh! Aaaghhh!«

Plötzlich steht eine Krankenschwester vor mir und legt den Kopf zur Seite, während meine Augen sich weiten und ich den Körper vor und zurück werfe, immer noch würgend, um ihr zu verstehen zu geben, dass sie dieses Ding aus meinem Hals nehmen soll.

»Aaaghhh! Aaaghhh!«

Sie verlässt das Zimmer, ist das zu fassen. Sie geht, und ich beginne, mit den Armen zu rudern, damit irgendwer auf mich aufmerksam wird und mir dieses Ding aus dem Hals zieht.

Ich weiß nicht, wie lange das so geht, aber irgendwann kommen ein Pfleger und eine Schwester rein – und der Pfleger, ein großer Typ, der irgendwie aussieht wie eine Dragqueen, sagt: »Halt dich fest, Schätzchen.« Er hält meine Arme, während die Krankenschwester mir den Schlauch aus Bauch und Hals zieht und ich würge und keuche und immer weiter nach Luft schnappe.

»Du bist also wach, Schätzchen. Das ist gut. Der Arzt ist gleich bei dir.«

Und dann fummelt die Schwester an einer der Kanülen rum, die ich an den Armen habe, und spritzt etwas rein, was eine Ladung Morphium sein muss, denn kurz danach verliere ich wieder das Bewusstsein.

»Schlaf nur«, sagt die freundliche Dragqueen. »Der Arzt kommt bald.«

Ich nicke – und will mich bedanken, aber mein Hals brennt zu stark.

»Schhh, schhh, nicht reden.«

Meine Augen schließen sich.

Und in diesem Augenblick ... plötzlich ... erinnere ich mich.

Ich habe versagt.

Schon wieder.

38

Als ich das zweite Mal erwache, schrecke ich abrupt aus dem tiefsten Schwarz auf. Da ist jemand neben mir und flüstert mir ins Ohr.

»Verschwinde. Du musst hier weg.«

Grelles Licht trifft meine Augen, und ich blinzle und rufe: »Wer ist da?«

Die Stimme spricht aus einem Versteck in mir drin.

»Verschwinde. Du musst verdammt nochmal hier weg.«

Mein Atem geht stoßweise – mein Hals ist trocken und heiser und schmerzt.

Ich packe die Nadeln, die in meinen Armen stecken und reiße sie raus, zusammen mit den Pflastern, die sie befestigen.

»Verschwinde! Verschwinde!«

Ein Plastikvorhang umgibt mein Bett, ich halte mich an ihm fest und ziehe mich hoch, aber er reißt von der Metallschiene und ich lande auf dem kalten, chemisch riechenden Linoleumboden, den Vorhang halb um mich gewickelt.

»Verschwinde! Verschwinde!«

Ich schiebe mich kriechend vorwärts, aber etwas hält mich zurück – etwas in Höhe des Beckens. Ich taste und fühle nach, was da zwischen meinen Beinen brennt und zieht.

»*Verschwinde!*«

»Tue ich ja«, sage ich laut. »Ich verschwinde.«

In meinen Ohren ertönt ein schrilles Geräusch wie eine Alarmglocke.

»Hilfe!«, schreie ich. »Hilfe! Holt das aus mir raus!«

Aber die Stimme hat mich plötzlich verlassen.

»Hallo? Hallo? Hilfe. Hallo?«

Nichts als der Alarm. Er schrillt wie eine Sirene.

Ich presse mir die Handflächen gegen die Ohren.

Und dann ist da plötzlich jemand und hält mich unter den Armen.

»Oh Gott, Junge.«

Mein Kopf schlägt hin und her.

Ich spüre, dass ich hochgehoben werde.

»Haltet ihn. Haltet ihn.«

Das Brennen zwischen meinen Beinen wird stärker.

»Lasst mich in Ruhe!«, kreische ich. »Scheiße, was ist das?«

Ich spüre ein schweres Gewicht auf der Brust und dann ein scharfes Stechen in der Seite.

»Drückt ihn runter. Haltet ihn fest.«

Die Alarmglocke hört auf zu schrillen, doch der Schmerz in meiner Seite wird immer stärker.

Ich kann kaum atmen.

»Deine Rippen sind gebrochen«, sagt eine Stimme. »Von der Reanimation. Du musst jetzt stillhalten.«

Ich tue, was mir gesagt wird.

Ich halte still und blinzle und versuche, etwas zu erkennen.

»Es tut mir leid«, sage ich. »Hier war jemand. Jemand wollte, dass ich gehe.«

Da höre ich neben mir ein lautes Schluchzen, und ich drehe mich um und erkenne endlich etwas: meine Mutter.

Sie ist vornübergebeugt und weint, ihre Schultern zucken, und sie schreit: »Er braucht seine Medikamente! Bitte! Ich habe es Ihnen gesagt! Er braucht seine Medikamente!«

Sie ist sehr blass, und ihre grauen Haare sind auf dem Kopf zusammengebunden.

»Verdammt«, sage ich heiser. Das ist genau das, was ich nicht wollte.

Ich spüre die zerbrechliche Hand meiner Mutter ganz leicht auf meiner Schulter.

»Ruhig, Miles. Ruhig, mein Schatz.« Und dann, lauter, zu den Pflegern oder wer es auch ist: »Er braucht seine Medikamente.«

»Bitte«, flüstere ich.

Ich spüre das Stechen einer Nadel in der Ellenbeuge, und Wärme durchströmt mich.

»Pisse ich gerade?«, frage ich.

Und dann wird alles wieder schwarz.

39

Meine Mutter ist da und mein Vater auch, und beide starren mich gebannt an, während meine Augen versuchen, sich zu konzentrieren.

»Jetzt ist es besser, hm?«, fragt meine Mutter – und ich muss zugeben, es stimmt.

Ich fühle mich zum ersten Mal ruhig und klar.

Ich weiß genau, wo ich bin.

Ich meine, ich bin im Krankenhaus.

Überall stecken Nadeln in mir drin, die an Infusionen angeschlossen sind, und zwischen meinen Beinen steckt ein Katheter – das muss es gewesen sein, was mich zurückgehalten hat, als ich abhauen wollte. Maschinen überwachen meinen Herzschlag und meinen Blutdruck. Um beide Handgelenke sind dicke Verbände gewickelt. Fuck. Oh Mann, sie haben mich wieder zusammengeflickt. Und sie müssen mir meine Medikamente gegeben haben, weil ich mich tatsächlich nicht mehr wie ein verdammter Psycho aufführe.

»Mom?«

Sie lächelt. »Ja, ja. Ich bin hier.«

Ich lächele zurück und spüre plötzlich, wie ausgetrocknet ich bin. Meine Zunge ist dick und geschwollen.

»W-Wasser? Gibt es Wasser?«

Meine Mutter schaut über die Schulter meinen Vater an. Meine Bitte löst eine ganze Reaktionskette an Leuten aus, die über ihre Schultern gucken. Meine Mom, mein Dad, der Arzt, ein Pfleger. Bei ihm endet die Kette. Er verlässt den Raum und kommt eine Sekunde später mit einem Plastikbecher in der Hand zurück.

»Bitte sehr«, sagt er mit überraschend tiefer Stimme.

Er hilft mir auf und gibt mir den Becher in die rechte Hand. Beide Handgelenke tun immer noch verdammt weh.

Ich schlucke das Wasser.

»D-Danke«, bringe ich heraus.

Er senkt den Kopf, und der Arzt kommt ans Bett und legt mir seine raue Hand auf die Stirn. Er spricht sehr sanft.

»Du hast immer noch leichtes Fieber. Aber das Schlimmste sollte vorbei sein.«

»Danke«, sage ich wieder.

Er nickt und rückt das Stethoskop um seinen Hals zurecht. »Ich bin Dr. Fliederer, Miles. Ich hatte hier Bereitschaftsdienst, an dem Abend, an dem du …« Er zögert kurz. »Hierhergekommen bist.«

Seine Augen sind so durchscheinend und blau und freundlich, dass ich wegsehen muss.

»Oh«, sage ich wie ein Idiot.

»Und jetzt«, fährt er fort und klopft mit der Fußspitze hörbar gegen das Linoleum, »also, ich habe mit deinen Eltern deinen weiteren Behandlungsplan ausgearbeitet.«

In diesem Moment tritt mein Dad nach vorne. Seine Haut ist grau und aschfahl.

»Hey, Kumpel«, sagt er und hebt die Hand.

Ich lächele. »Hey, Dad.«

Meine Stimme bricht. Ich sehe, dass seine Augen rot und geschwollen vom Weinen sind, und ich denke, dass ich auch gleich heulen muss. Ich meine, er sieht so hilflos aus, wie er da steht, so ungelenk und unsicher.

»Wir wollen nur das Beste für dich«, sagt er und verlagert das Gewicht auf das andere Bein.

»Genau«, sagt meine Mutter und schiebt sich zwischen meinem Vater und dem Arzt zu mir durch und streicht mir die Haare aus dem Gesicht. Sie beugt sich vor und küsst mich auf die Wange. Ich versuche, ihren Duft herauszuriechen, doch der Krankenhausgeruch nach Desinfektionsmittel und Plastik überdeckt alles andere. »Wir wollen nur dein Bestes«, wiederholt sie.

Es ist verdammt kalt hier drin, und ich zittere. Das Zittern durchläuft meinen ganzen Körper. Ich weiß nicht, vielleicht ist es das Fieber. Ich weiß nur, dass ich unbedingt schlafen will, so sehr, dass es weh tut.

Meine Gelenke knacken, und ich zittere weiter.

»Es ...«, setze ich an. »Ich m-meine, es ist so kalt. Können wir ... gibt es eine Heizung?«

Meine Eltern sehen den Arzt an, der wiederum den Pfleger ansieht. »Könnten Sie Miles noch ein paar Decken bringen?«, fragt er. Und dann zu mir: »Tut mir leid, Miles. So ist das halt im Krankenhaus.«

Ich zittere. »Oh ... okay.«

»Du brauchst jetzt Ruhe«, sagt er.

Ich nicke.

»Gut«, sagt er. »Das ist gut. Wir wollten nur kurz mit dir

sprechen, deine Mutter, dein Vater und ich, über deine weitere Behandlung. Und ich glaube, wir haben die bestmögliche Lösung für deine Situation gefunden.«

Mir gelingt ein kleines Lachen. »Eine Gehirntransplantation?«

Der Arzt lächelt, er sieht immer noch sehr freundlich aus. »Nein, das wohl nicht. Aber wir haben deine Medikamente umgestellt. Das neue Mittel heißt Clozaril und ist nachweislich eine Art Wundermittel bei schweren Schizophrenieerkrankungen. Es gibt also Hoffnung. Und wir werden dich auf die psychiatrische Station hier im Krankenhaus verlegen, wo du zweiundsiebzig Stunden lang von unserem Spezialisten, Dr. Dubonis, überwacht wirst. Verstehst du das alles?«

Meine Augen wandern zu meiner Mutter, die wieder zu weinen begonnen hat, wenn auch leise. Sie fängt meinen Blick auf und lächelt durch die Tränen.

»Psychiatrische Station?«, frage ich, und meine Zähne beginnen zu klappern.

Meine Mutter hält meinen Blick. Sie nickt langsam. »Es ist nur für drei Tage.«

»Oh Gott, verdammt«, sage ich und die Tränen kommen. »Es tut mir leid. Bitte, kann ich einfach nach Hause?«

Der Arzt räuspert sich wieder. »Nein, Miles. Erst, wenn es dir besser geht. Wir haben leider keine Wahl.«

Meine Mutter legt mir die Hand auf die Stirn, während ich weine. »Ruhig, mein Schatz, ganz ruhig.«

Sie hat das allerliebste, allertraurigste Lächeln im Gesicht. Und mein Dad auch.

Ich lege mich im Bett zurück und lasse zu, dass sich meine Augen schließen.

»E-Eliza«, sage ich, schon halb im Schlaf. »Weiß Eliza es?«

Die Neonröhren knistern laut in der Stille.

»Mach dir keine Sorgen«, flüstert mein Vater. »Das ist alles vorbei.«

Er legt mir sanft die Hand auf die Stirn und wiederholt, dass ich mir keine Sorgen machen soll.

Ich drehe mich zitternd auf die Seite.

Ich ziehe mir die Decke über den Kopf.

Ich schlafe, aber ich träume nicht.

Ich weiß, dass ich nie wieder träumen werde.

Weil es in meinem Leben keine Träume mehr gibt.

Teil 4

40

Der Aufenthaltsraum sieht etwa so aus wie mein Zimmer auf der Station, nur mit ein paar bunten Postern an der Wand und einem Kreis orangefarbener Plastikstühle statt Betten.

Dr. Dubonis, der Oberarzt, sitzt mit dem Rücken zu den vergitterten Fenstern. Er ist sehr dünn und sieht kränklich aus mit seiner gelben, pockennarbigen Haut und dem struppigen, angegrauten Bart. Seine Hände sind groß und scheinen von einer Art Wunden oder Blasen übersät zu sein, an denen er andauernd mit seinem langen Daumennagel herumknibbelt. Er ist fahrig und nervös und wirkt eher, als wäre er selbst ein Patient und nicht der Arzt, der für uns verantwortlich ist. Aber auf dem kleinen Anstecker an seinem Kittel steht *Dr. Henry Dubonis,* also muss es wohl stimmen. Außerdem gucken ihn die anderen hier alle so an, als wüsste er, wo es langgeht.

Hinter ihm steht ein Whiteboard auf Rädern, auf das er mit rotem Marker die Abkürzung *H. A. L. T.* geschrieben hat. Diese Abkürzung kenne ich bereits.

H. A. L. T.: *Hungry. Angry. Lonely. Tired.*

Es soll heißen, um nicht durchzudrehen, solltest du niemals zu hungrig, wütend, einsam oder müde werden.

Eigentlich ein ziemlich guter Rat, würde ich sagen. Auch wenn das in so ziemlich jedem verdammten Therapiehandbuch steht.

Zumindest ist das meine Erfahrung.

Also, jedenfalls, H. A. L. T. Klar, ergibt Sinn.

Dr. Dubonis erklärt das Ganze, während alle sich setzen, und dann richtet er seine Aufmerksamkeit auf mich – ich verschränke Arme und Beine und mache mich so klein wie möglich.

»Ich weiß nicht, ob ihr es schon bemerkt habt, aber wir haben heute einen neuen Patienten, und ich dachte, bevor wir anfangen –«

Das Mädchen, das neben mir sitzt, stampft mit dem Fuß auf und beugt sich vor, stützt die Ellbogen auf die Knie und ruft: »Ach, scheiß drauf, fangen wir an. Bringen wir es verdammt nochmal hinter uns.«

Sie ist Japanerin, glaube ich – der Akzent und so weiter. Sie sieht aus wie ein Punk, mit kurzen Haaren in unterschiedlichen Rottönen und allen möglichen Tattoos und Narben auf den Armen. Sie trägt ein Trägertop und eine weite Schlafanzughose. Ehrlich gesagt, hier sind so ziemlich alle im Schlafanzug. Sogar die Transe mit dem perfekten Make-up, der langen schwarzen Perücke und den aufgeklebten Nägeln trägt eine Schlafanzughose und fusselige kleine Slipper. Na ja, so klein nun auch nicht. Seine/ihre Füße haben mindestens Größe 46 oder 47.

»Ha, wo willst du denn hin, Yuka?«, ruft er/sie. »Du kannst hier sowieso nicht raus. Geht das in deinen Kopf?«

Einige Patienten lachen, aber die Japanerin, Yuka, verzieht nur das Gesicht und stampft wieder auf den Boden.

»Fick dich, Sweet Pea«, schreit sie. »Ich kann wohl hier raus, Mann, fick dich.«

Noch mehr Gelächter, und Dr. Dubonis räuspert sich mehrmals.

»Sweet Pea, Yuka, bitte«, sagt er, aber nicht böse. »Wir haben einen neuen Patienten und ...«

Ein Typ, der wirklich psycho aussieht, unterbricht ihn: »Das haben Sie schon gesagt.« Sein Kopf ist rasiert und mit Schnittnarben übersät.

»Tja, also«, fährt Dr. Dubonis fort und fummelt an seinen schorfigen Händen herum. »Das ist Miles Cole. Er wird eine Weile bei uns bleiben.«

Ich winde mich auf dem harten Plastikstuhl und fühle, dass alle Augen auf mich gerichtet sind – Augen wie die von Krähen, schwarz und leer und bohrend.

Dr. Dubonis beugt sich vor und spricht mich freundlich an.

»Willst du uns etwas über dich erzählen, Miles? Kannst du den anderen sagen, warum du hier bist?«

»Ähm ... ja ... Ich bin ... äh, Miles.«

Soweit meine brillante Vorstellung.

»Scheiße, das hat er doch schon gesagt«, stöhnt der Psychotyp mit den Schnittwunden und verdreht die Augen.

Ein schüchterner, freundlich aussehender Junge knabbert an seinen dreckigen Fingernägeln und stottert: »L-l-lass ihn r-reden.«

Dr. Dubonis lächelt aufmunternd. »Ja, danke, Max.« Und zu mir: »Sprich weiter, Miles.«

Ich nicke. »Also ... ich ... wollte mich umbringen«, sage ich. »Hat aber nicht geklappt.«

Ein paar Leute lachen.

Ein kleines Mädchen mit mausbraunen Haaren sagt sarkastisch: »Herzlichen Glückwunsch.«

»Und, willst du uns deine Diagnose verraten?«, fragt der Arzt, er gibt nicht auf.

Ich versinke etwas tiefer in meinem Stuhl. »Sch-Schizophrenie.«

Einige Patienten klatschen.

Dr. Dubonis lächelt. »Gut. Sehr gut. Ich schlage vor, wir machen eine Runde, stellen uns vor und sagen Miles, warum wir hier sind.«

Yuka steht abrupt auf, wirft dabei ihren Stuhl um und tritt dagegen. »Scheiße!«, schreit sie.

Dr. Dubonis springt ebenfalls auf, aber er scheint darauf zu achten, ihr nicht zu nahe zu kommen.

»Ist dir heute nicht danach, bei uns zu sein, Yuka?«

Sie schubst ihn weg und schreit uns an: »Fickt euch doch alle, ihr verdammten Arschlöcher.«

Sie stampft zur Tür, wo sie fast im selben Augenblick zwei Männer in weißen Anzügen in Empfang nehmen und festhalten, während sie schreit und tritt und mit den Armen rudert.

»Lasst mich los! Lasst mich los, verdammt!«

»Du kommst wieder, wenn du dich ein bisschen beruhigt hast, okay?«, sagt der Arzt.

Die beiden Männer schleifen sie den Gang entlang, während sie die ganze Zeit schreit, dass wir uns alle ficken sollen.

Dr. Dubonis setzt sich wieder und lächelt, und es scheint niemanden zu kümmern, dass gerade jemand gegen seinen Willen aus dem Raum gezerrt wurde – vermutlich sind sie es gewöhnt.

»So, bitte entschuldigt«, sagt der Arzt fröhlich. »Wo waren wir?«

Wie als Antwort springt ein Junge auf, der bislang ganz ruhig dagesessen hat, und stößt schreckliche laute Schreie aus, die mich zu Tode erschrecken. Es sind eigentlich keine Schreie, es ist, als ob sich Geräusche aus seinem Körper drängen. Er zittert und wankt, und dann kommen Töne aus seinem Mund, etwa so: »Ooaaaaaaa ... ooaaaaaa!«

Das passiert zwei- oder dreimal hintereinander.

»Oh Gott«, sagt ein extrem übergewichtiges Mädchen im Gruftilook und verdreht die Augen. »Was für eine Zeitverschwendung.«

Der Junge fängt wieder mit seinen seltsamen Tönen an: »Oaaaaaaaa!«

Die Transe, Sweet Pea, verschränkt die Beine.

»Wie wahr.«

Und der Junge schreit.

Er schreit immer weiter.

Er schreit für uns alle.

41

Wenn ich aus dem kleinen, vergitterten Fenster über meinem Bett schaue, sehe ich die Umrisse der Krähen in den Baumwipfeln vor dem ewig grauen Himmel.

Die Sonne wird von dem dichten Nebel verdeckt, der vom Ozean heranzieht. Ich sehe nur graue Luft und die Baumwipfel und die Krähen, die dort kreisen, und das Gitter vor dem Fenster.

Dem Fenster in meinem Zimmer.

Meinem Zimmer in der verdammten Psychiatrie.

Ich stehe auf dem Bett und beobachte die kreisenden und herabstürzenden Krähen.

Ich denke an Eliza.

Ich versuche, nicht an Eliza zu denken.

Ich spüre Übelkeit.

Ich habe das Gefühl, dass ich gleich losheule.

Hinter mir geht die Tür auf.

Ich drehe mich um.

Es ist der Junge aus der Gruppe von vorhin, Max.

Er scheint mein Zimmergenosse zu sein.

Er ist wahnsinnig dünn und sieht ganz ausgehöhlt aus – und seine Haare sind stoppelig, als hätte er sie sich selbst geschnitten.

Er schaut beim Sprechen zu Boden und stottert stark. Ich schätze, er ist ein bis zwei Jahre älter als ich, definitiv nicht mehr.

»Oh ... äh ... d-d-du bist hier d-d-drin?«

»Ja, ist das in Ordnung?«

Er geht zum Schrank und nimmt eine Strickjacke von einem Kleiderbügel. »Äh ... äh ... j-ja klar.« Er setzt sich auf sein Bett und schiebt ein paar Zeitschriften zur Seite. »H-h-hat man d-d-dir schon gezeigt, wo alles ist?«

Er scheint echt nett zu sein, und ich lächele und setze mich auf mein Bett.

»Ja, danke, ich glaube schon.«

Wir sitzen ein paar Augenblicke schweigend da.

Er verschränkt die Beine, und ich tue es ihm gleich.

»Also, ähm«, sage ich, »was machst du hier? Du wirkst nicht so verrückt wie die anderen.«

Er lächelt schüchtern. »Ich f-f-funktioniere nicht in der e-e-echten Welt.«

»Tja. Ich auch nicht.«

42

Der Mitarbeiterraum ist winzig und eng und mit Aktenschränken und Patientenmappen und Videokassetten vollgestopft. Die Tür steht halb auf, und ich stehe einige Sekunden lang da und warte, dass die riesige Frau, die in einem *People*-Magazin blättert, oder der dickliche weiße Typ mit den fettigen, spärlichen Haaren mich bemerken. Auf dem Namensschild an seiner Brust steht *Carl*. Auf dem Schild an ihrer Brust steht *Edna*.

Ich klopfe sacht an die Tür. Edna blickt auf und blinzelt mich durch ihre dicke Hornbrille an. Sie scheint nicht gerade erfreut, dass ich störe.

»Ja?«, fragt sie. »Können wir dir helfen?«

Ihre Haut ist faltig und ledern wie ein alter, abgenutzter Koffer. Ihre schwarzen Augen werden an den Rändern gräulich. Sie trägt eine Menge Lippenstift und hat aufgemalte Augenbrauen.

Sie klopft mit ihren weißen orthopädischen Krankenhausschuhen auf den Boden, damit ich zum Punkt komme.

»Entschuldigung«, sage ich und meine Stimme schwankt. »Ich ... ähm ... Jemand hat mich ausrufen lassen?«

Sie nimmt die Brille ab und reinigt sie mit dem weißen Hemd, das sie unter der blauen Krankenhauskleidung trägt.

Sie dreht sich um und schaut auf die große weiße Tafel an der Wand. Da steht eine Tabelle mit den Namen der Patienten und daneben verschiedene Termine. Ich sehe meinen eigenen Namen, ganz oben auf der Liste, und daneben, in rotem Marker: *Dr. S. Frankel.*

»Siehst du?«, fragt Edna.

»Ja.«

»Du musst dich beeilen, ja? Du hast einen Termin bei deinem Arzt.«

»Dr. Frankel?«

»Ja, das ist dein Psychiater, oder?«

»Ja, aber ... was macht er hier?«

Sie zuckt die Schultern. »Haben deine Eltern wahrscheinlich organisiert.«

Ich nicke.

»Dann mal los«, fährt sie in leicht sarkastischem Ton fort. »Kennst du den Weg?«

Ich verneine, und sie stemmt sich mit beachtlicher Anstrengung widerwillig vom Stuhl hoch und weist mich an, ihr zu folgen.

Sie geht durch die Tür, und ich laufe ihr hinterher.

43

Dr. Frankel sitzt auf einem harten Plastikstuhl in einem der Besucherräume. Er sieht aus wie immer, mit seinem bescheuerten Trainingsanzug und den kurzen Stummelbeinen, die mehrere Zentimeter über dem Boden hängen.

Trotzdem muss ich zugeben, dass es etwas Beruhigendes hat, ihn zu sehen.

»Miles, mein Junge«, sagt er. »Das alles tut mir so leid.«

Er zeigt auf den Stuhl ihm gegenüber, und ich setze mich und verschränke Arme und Beine.

»Es war meine Schuld«, sage ich. »Ich habe meine Tabletten im Klo runtergespült. Alle.«

Er streckt die Hand aus, um mich zu trösten, aber dann zieht er sie zurück – erinnert sich vermutlich an irgendeinen Arzt-Patienten-Mist oder so.

»Es war nicht deine Schuld, mein Junge. Niemand ist schuld. Kannst du mir erzählen, was passiert ist?«

Ich nicke. »Ja, glaube schon.«

»Lass dir Zeit. Es kommt alles in Ordnung.«

Ich nicke wieder und starre auf meine Schuhe und kaue auf der Innenseite meiner Wange herum. Doch sobald ich anfange zu reden, strömt alles aus mir heraus, alles: die Krähen, die Stimme, Eliza, Teddys Tod.

»Teddy.« Dr. Frankel unterbricht mich und hebt die Hand. »Von ihm hast du schon einmal gesprochen, oder?«

»Ja, natürlich.«

Er räuspert sich. »Ja, aber wer ist Teddy?«

»Was meinen Sie? Teddy. Mein Bruder – er wurde entführt.«

Er blinzelt. »Ich ... Mir war nicht klar, dass du ihn für deinen Bruder gehalten hast.«

Jetzt sehe ich ihn fragend an. »Was meinen Sie, *für meinen Bruder gehalten*? Er ist mein Bruder. Aber er ist tot. Das habe ich jetzt akzeptiert.«

Dr. Frankel starrt mich einen Augenblick lang an, als müsste er etwas in seinem Kopf zurechtrücken.

»Miles ... du hast keinen Bruder. Du hast eine Schwester.«

Ich balle die Faust.

»Natürlich habe ich einen Bruder ... oder hatte. Teddy Bryant Cole. Er verschwand an dem Tag, an dem ich meinen ersten Aussetzer am Ocean Beach hatte. Ich dachte, er wäre entführt worden. Ich habe versucht, ihn zu finden. Aber jetzt weiß ich, dass er ertrunken ist. Alle haben versucht, mir das zu sagen. Aber ich wollte nicht auf sie hören.«

»Teddy Bryant?«

»Teddy Bryant Cole – ja. Mein Bruder.«

Er atmet durch die Nase ein. »Miles ... es tut mir leid, aber du hast keinen Bruder. Ich weiß nicht, wie ich es dir klarmachen soll. Aber du hast keinen Bruder. Das ist ... Das muss eine Wahnvorstellung infolge deiner Krankheit sein.«

Ich springe auf die Füße und werfe dabei meinen Stuhl

um. In mir brennt eine Hitze, mein Herz hämmert in meinem Kopf, und ich kann mich selbst nicht hören, als ich schreie: »Sie wissen nicht, was Sie sagen. Wovon reden Sie eigentlich? Scheiße, ihr seid doch alle verrückt. Sie sind doch verrückt.«

Er sagt etwas zu mir, aber es ist mir scheißegal. Ich schreie: »Fick dich – lass mich in Ruhe«, und stürme nach draußen. Mir ist schlecht, und mein Kopf dreht sich, und mir bricht am ganzen Körper der Schweiß aus.

Das ist verrückt. Diese ganze Sache. Die Welt dreht sich, und dann rollen meine Augen zurück und alles wird schwarz.

44

Durch verschwommenes grelles Licht sehe ich Dr. Dubonis auf mich herabschauen. Er lächelt und hilft mir hoch, und ich sehe, dass ich auf dem Sofa in seinem Büro liege. Dr. Frankel ist auch da und schaut am Schreibtisch in der Ecke einen Stapel Papiere durch.

»Hier, Miles, trink das«, sagt Dr. Dubonis und reicht mir einen Pappbecher mit Wasser und noch etwas darin, einer Vitamintablette, Elektrolyte oder so.

Ich tue, was er mir sagt und dann versuche ich aufzustehen, aber es ist, als ob meine Beine nicht funktionieren.

»Bleib ruhig sitzen«, sagt Dr. Dubonis und legt mir die Hand auf die Schulter. »Dr. Frankel und ich ... möchten etwas mit dir besprechen.«

Mein Kiefer schiebt sich vor und zurück. »Über meinen Bruder?«

»Miles«, sagt Dr. Frankel, »ich weiß, dass das schwer für dich ist, aber ... hör mir zu. Dieser Name, Teddy Bryant, ich wusste, dass ich ihn irgendwoher kenne.«

»Klar, Mann, ist ja auch mein Bruder.«

»Miles, bitte, hör einfach zu«, sagt Dr. Dubonis.

Dr. Frankel beugt sich vor und reicht mir den Stapel Papiere. »Teddy Bryant«, sagt Dr. Frankel, »ist der Name eines

Jungen, der wirklich verschwunden ist. Das stimmt. Aber ... er ist nicht dein Bruder.«

Ich starre auf die Papiere in meinen Händen, doch die Wörter verschwimmen vor meinen Augen. Aber da ist ein Foto von Teddy. Das steht fest.

»Das ist er«, sage ich. »Das ist Teddy.«

»Ja, Miles. Ja. Das ist Teddy. Aber, schau mal, Dr. Dubonis hat diese Artikel gerade ausgedruckt. Sie sind von der Website des *Chronicle*. Siehst du, was da steht?«

Ich blinzle und versuche, aus den Buchstaben einen Sinn zu machen. »Es ist ein Artikel über Teddy ... über sein Verschwinden.«

»Ja, aber schau genau hin, Miles. Es ist Teddy Bryant. Seine Familie heißt Bryant.«

»Teddy Bryant«, fährt er fort, »ist der Sohn von Bruce und Lorraine Bryant. Er hat eine Schwester, Sophie Bryant. Er war sieben Jahre alt, als er vor zwei Jahren am Ocean Beach verschwand. Wir haben die Daten mit deiner Akte verglichen. Es war genau eine Woche nach deinem ersten psychotischen Schub an ebendiesem Strand. Du warst wahrscheinlich noch im Krankenhaus, um dich von dem Anfall zu erholen, als die Geschichte über das Verschwinden des Jungen überall in den Medien war. Nach dem Schub littst du unter extremen Schuld- und Schamgefühlen. Du hast dir schwere Vorwürfe gemacht. Und du dachtest, deine Familie mache dir Vorwürfe. Irgendwie hat sich die Nachricht über Teddy Bryants Verschwinden mit deinen Schuldgefühlen für das, was du meintest, deinen Eltern angetan zu haben, vermischt. Teddy Bryant wurde die Verkörperung deines Schuldgefühls. Dein Unterbewusstsein musste deine Schuld an etwas Stabiles und Konkretes knüpfen – wie einen verschwundenen Bruder.«

Ich höre zu und blättere durch die Artikel vor mir. Ich lese die Namen Bruce und Lorraine Bryant. Ich lese das Datum. Ich lese die Beschreibungen des Vorfalls.

Dr. Frankel beugt sich vor und lächelt mich an, und seine Augen strahlen Freundlichkeit und Wärme aus. Meine Hände beginnen zu zittern, während ich wieder und wieder die Seiten umblättere.

»Sie meinen ...«, setze ich an, und meine Stimme zittert so stark wie meine Hände. »Sie meinen, all diese Zeit? Zwei Jahre lang habe ich mir Vorwürfe gemacht ... und dabei ... versucht ... Sie meinen ... es war alles ...«

Kann das wahr sein?

Tränen brennen in meinen Augen.

»Es ist ein Teil deiner Krankheit«, sagt er sanft.

Meine Gedanken wandern zurück zur Polizeidienststelle. *Teddy Bryant,* hatte die Frau am Empfang gesagt. Ich selbst hatte Cole hinzugefügt. *Teddy Bryant Cole,* hatte ich gesagt, aber sie war schon am Telefon und versuchte, den Detective für mich zu erreichen.

Die Akte, die ich gestohlen habe. Das falsche Datum.

Es war nicht falsch. Ich lag falsch – ich war ganz einfach verrückt.

Jane und meine Mutter und mein Vater – ich habe mich immer wieder entschuldigt für das, was passiert war. Ich dachte, sie wüssten, dass ich die Sache mit Teddy meine. Aber sie müssen gedacht haben, ich meinte meine Krankheit.

Das Büro meiner Mutter. Das Haus. Nirgends ein Foto von ihm. Kein Foto, weil es Teddy Bryant Cole nie gab.

Nur für mich.

Ich nicke und zittere.

»Oh Gott, fuck. Ich bin verrückt. Scheiße, bin ich verrückt.«

Dr. Frankel beugt sich vor und legt mir dieses Mal sanft die Hand auf den Rücken. »Du bist nicht verrückt. Du bist krank.«

»Krank und verdammt verrückt.«

»Aber das heißt, dass du jetzt frei bist. Siehst du das nicht? Du hast niemandem etwas getan. Du trägst keine Schuld. Du kannst aufhören, dich selbst zu bestrafen. Du kannst wieder leben.«

Ich spüre den leichten Druck seiner Hand auf meinem Rücken und schließe die Augen.

Der Kerl hat recht.

Wenn es keinen Teddy Cole gibt, muss ich mich auch nicht länger für sein Verschwinden verantwortlich machen.

Wenn es keinen Teddy Cole gibt, habe ich nichts falsch gemacht.

Wenn es keinen Teddy Cole gibt ...

Es gibt keinen Teddy Cole.

Zwei Jahre lang war er alles, woran ich denken konnte, woran ich mir zu denken *gestattete*.

Was habe ich ohne ihn?

Wer bin ich ohne ihn?

45

Dieses Clozaril, Mann, ich will ja nicht wie eine verdammte Werbesendung klingen, aber das Zeug scheint zu funktionieren. Die Krähen sind weg, Teddy ist weg, die Stimme Gottes oder des Universums oder was auch immer ist weg, selbst meine Besessenheit von Eliza ist so gut wie weg.

Laut meinen Ärzten habe ich wegen meiner Krankheit einen Hass auf mich selbst entwickelt. Und deshalb habe ich immer versucht, vor der Tatsache davonzulaufen, dass ich psychisch krank bin.

Aber hier drin versuchen sie mir beizubringen, meine Krankheit zu akzeptieren und, so blöd das klingt, mich selbst zu lieben. Sie sagen mir immer wieder, dass es nicht meine Schuld ist. Und ich weiß, dass es nicht meine Schuld ist, aber es fühlt sich trotzdem nicht immer so an. Deshalb versuchen sie, es mich richtig wissen zu lassen, also tief in mir drin.

Das ist alles leichter gesagt als getan, aber ich arbeite dran. Und es wird besser. Mit den Leuten hier ist es fast schon so, als wäre ich ein bisschen stolz auf meine Krankheit. Na ja, nicht direkt stolz auf die Krankheit, aber stolz, dass ich mich damit auseinandersetze und lerne, damit zu leben.

Die Leute, die ich hier getroffen habe, sind ein paar krass

durchgeknallte Typen. Sweet Pea, Yuka, mein Mitbewohner Max. Sie haben alle mehr Scheiße erlebt als irgendjemand, den ich kenne. Und sie sind gute Menschen. Emotional gestört, klar, aber trotzdem gute Menschen.

Von allen Typen hier ist der arme Steven der, der sich am schwersten knacken lässt. Seine Schreie scheinen immer dann schlimmer zu werden, wenn er in einer Gruppe ist oder über irgendetwas sprechen muss, das ihm nahegeht. Wenn er einfach nur vor dem Fernseher hängt oder so, ist alles okay. Total abgefahren. Aber er ist supernett – sanft und lieb.

Er sitzt im Schneidersitz in der Gruppe und wiegt sich vor und zurück.

Vorne steht ein Pult, und dahinter steht diese junge, schöne Frau, etwa Mitte dreißig, und erzählt uns, wie toll ihr Leben jetzt ist, obwohl sie ein Schizo ist, so wie wir.

Die Frau hat zu Beginn ihrer Rede ihren Namen genannt, aber ich kann mich nicht mehr erinnern. Sie trägt eine Bluse und Jeans und hat lange, schlanke Finger, die aufs Pult tippen, während sie spricht.

Ehrlich gesagt, das meiste, was sie bislang erzählt hat, kommt mir vor wie das übliche Selbsthilfe-Blabla. Aber dann ... nach und nach ... konzentriere ich mich mehr auf das, was sie wirklich sagt, und es ist verrückt, wie ähnlich ihre Wahnvorstellungen meinen waren. Nicht in Bezug auf Teddy oder irgendwelche Leute, die es nicht gibt, aber sie hatte auch diese Vorstellung, dass Gott zu ihr spricht, so wie ich dachte, er spräche zu mir. Diese Macht, die in ihr Leben kam, so wie in meins.

Sie nimmt einen Schluck Wasser aus der Flasche auf dem Pult. »Und ich habe es wirklich geglaubt. Ich dachte, Gott spräche zu mir. Bis an den Punkt, dass Gott mir sagte, ich solle von der Golden Gate Bridge springen, um der Welt zu beweisen, dass ich ein Engel bin.«

Sie erzählt, wie sie versuchte, von der Brücke zu springen und von einem Mann aufgehalten wurde, der zufällig auf dem Fahrrad vorbeifuhr. Dann erzählt sie uns, wie sie die Therapie begann und Tabletten bekam, und der Rest deckt sich weitgehend mit den üblichen Geschichten.

Aber diese Sache, dass Gott mit ihr geredet hat und so, das drehe und wende ich in meinem Kopf.

Die Frau beendet ihre Rede, und einige Leute klatschen.

Wanika, ein Mädchen in meinem Alter, das supernett – und superhübsch – ist, sieht mich mit großen Augen an, und wir gehen auf den Balkon, um eine zu rauchen.

»Oh Gott«, sage ich, lehne mich in die graue Luft und schaue nach unten auf die Laderampe hinter dem Gebäude.

»Ja«, sagt sie. »Wieder ein fröhlicher Tag bei den Psychos.«

Ich ziehe an meiner Kippe und asche über das Geländer. »Morgen geht's raus?«, frage ich, obwohl ich die Antwort kenne.

Sie nickt.

»Glaubst du, du bist so weit?«

»Ja, ich glaub schon. Was ist mit dir? Du kommst auch morgen raus, oder?«

»Ja.«

Ich schweige und knibbele an meinem Daumennagel herum.

»Wie ... wie kommst du damit klar, dass so vieles, das du für wahr gehalten hast ... überhaupt nicht wahr war? Wie bei dieser Frau, die dachte, dass Gott mit ihr spricht und so weiter?«

Sie lächelt. »Oder du mit deinem toten Bruder?«

»Genau. Ich weiß einfach nicht, wie wir das machen sollen. Oder zumindest, wie ich das machen soll ...«

»Ja, Mann, ich weiß, was du meinst. Neulich habe ich meine Mutter gebeten, mir eins meiner alten Notizhefte mitzubringen. Ich wollte sehen, was ich eigentlich die ganze Zeit geschrieben habe. Weißt du, was es war? Seitenweise winzig kleine Symbole. Nicht mal Wörter. Irgendwelche Kritzeleien. Verdammt verrückt.«

Ich setze mich neben Wanika, verschränke die Beine und sage: »Ich hatte nicht nur meinen eingebildeten Bruder. Dieses Zeug von Gott, was sie erzählt hat, ganz ehrlich, das habe ich auch gefühlt – als würde Gott mit mir reden.«

Sie lacht, und ihre Augen leuchten ein bisschen grüner, ihre Zähne blitzen weiß, und ich denke zum fünfzigmillionsten Mal, wie verdammt hübsch sie ist – und dass ich mich darum nicht kümmern sollte.

»Das ist doch gar nichts«, sagt sie. »Ich glaube, jeder von uns war mal an dem Punkt, an dem Gott mit uns geredet hat.«

»Echt?«

»Echt.«

Die gläserne Schiebetür geht auf, und der eklige Carl kommt raus. »Ihr wisst, dass ihr nicht ohne Aufsicht hier draußen sein dürft?«

Wanika zieht die Brauen zusammen. »Wir kommen gleich wieder rein.«

»Nein, ihr kommt jetzt.« Er steht in der Tür und schaut uns an.

Wanika legt mir die Hand auf die Schulter. »Hör zu«, sagt sie, »du schaffst das. Ich will nicht, dass du einer dieser Typen wirst, die ihr Leben lang in solchen Einrichtungen stecken. Wie der Typ aus deinem Zimmer. Seit über drei Jahren geht es mit dem raus und rein. Er könnte raus, wenn er wollte; aber er hat zu viel Schiss.«

»Ja, ich weiß. Aber ich will wieder zu meinen Freunden und zu meiner Familie.«

Sie schaut mich von der Seite an. »Und was ist mit dem Mädchen, hm?«

Ich drücke meine Zigarette im Aschenbecher aus. »Eliza? Nein. Ich will sie nicht sehen.«

»Gut. Denn sie klingt wie eine verdammte Zicke.«

Ich schüttele den Kopf. »Sie ist keine Zicke.«

»Glaub mir, Mann, ich bin manchmal selbst eine Zicke – ich weiß, wovon ich spreche.«

Ich lache mit ihr. Sie ist so ein starkes, schönes Mädchen. Dr. Frankel hat recht. Was ich jetzt brauche, sind Freunde. Und ich glaube, Wanika könnte eine echte Freundin sein.

»Schau mal«, fährt sie fort, »du bist krank, ich bin krank. Du hast dir einen Bruder ausgedacht, ich habe meinen Philosophielehrer gestalkt. Aber du bist verdammt nochmal ein guter Mensch. Und ich auch. Der einzige Grund, warum wir das getan haben, ist unsere Krankheit. Also scheiß drauf. Wir sind krank, und wir nehmen unsere verdammten Tabletten. Wo ist das Problem? Würdest du dir Vorwürfe machen, wenn du Krebs hättest oder irgendeine andere Scheiße?«

Ich lache. »Wahrscheinlich schon.«

»Tja, weil du zu nett bist. Aber du musst damit aufhören. Hör auf, so nett zu sein.«

»Okay«, sage ich. »Ich versuch's.«

Sie steht auf, und ich stehe auch auf.

»Danke«, sage ich. »Du bist sehr nett zu mir.«

»Morgen kommen wir beide hier raus. Wir müssen zusammenhalten.«

»Das werden wir.«

Carl schreit uns an, dass wir reinkommen sollen.

Wanika nimmt meine Hand.

Und wir gehen zusammen ins Haus.

46

Heute komme ich aus der Psychiatrie.

Ich habe verdammt Schiss, aber ich bin bereit.

Nur eins steht noch an, bevor sie mich entlassen. Dr. Frankel und Dr. Dubonis haben ein gemeinsames Gespräch mit meinen Eltern angesetzt, in dem ich ihnen endlich von Teddy erzählen soll und was es bedeutet, dass dieses Kapitel jetzt abgeschlossen ist. Denn bis jetzt habe ich ihnen nichts von dem erzählt, was passiert ist.

Es muss wohl sein. Unsere Krankheit geheim zu halten – und die Symptome zu verstecken – trägt dazu bei, dass es so verdammt schwer ist, damit zu leben. Zumindest sagen sie das hier. Ich muss lernen, offen mit meiner Krankheit umzugehen. Wie diese Krähen, die ich die ganze Zeit gesehen habe; ich hätte mit jemandem darüber reden sollen – wenigstens mit Dr. Frankel.

Wenn die ganze Sache überhaupt irgendein Gutes hat, dann dass ich lerne, mit meiner Krankheit umzugehen. Besser wird's nicht.

Aber so schlecht ist das gar nicht mal. Echt nicht.

Also mache ich jeden Tag mein Bett, wie sie es hier von uns verlangen. Ich mache mein Bett, und Max macht sein Bett und fragt: »D-deine Eltern kommen heute?«

»Hhm.« Ich nicke.

Er kratzt sich hinterm Ohr und zuckt kurz mit dem Kopf. »V-viel Glück.«

Ich strecke die Hand aus. Er schüttelt sie nervös.

»Danke, Mann.«

Dr. Frankel und Dr. Dubonis sitzen schon im Gruppenraum und reden mit meiner Mom und meinem Dad.

Meine Eltern waren natürlich schon mehrmals hier, aber es ist das erste Mal, dass wir alle zusammen sind, mit den beiden Ärzten.

Es ist ein grauer Tag. Das kalte Licht strömt fahl über den glatten Linoleumboden. Bilder hängen an den Wänden – auch eine von meinen Kohle- und Buntstiftzeichnungen, Gesichter, die sich aus Gesichtern lösen und Krähen, die auf einen Jungen einhacken, der sich am Strand zusammenkauert.

Ich betrete den Raum, meine Mom und mein Dad stehen auf und umarmen mich, und mein Dad sagt: »Wir sind stolz auf dich«, und meine Mom sagt: »Hallo, mein Schatz.«

Sie sieht immer noch aus wie vorher – blass, ausgemergelt, erschöpft. Ich wünschte, sie könnte sich verändern, so wie ich mich hier verändert habe.

Denn seit ich hier bin, habe ich wirklich angefangen zu glauben, dass ich mit den Tabletten ein gutes, normales Leben führen kann. Das ist das größte Geschenk, das sie mir machen konnten. Ich habe Hoffnung. Und sie scheint begründet zu sein. Wir haben so viele Vorträge von Betroffenen gehört, die uns erzählt haben, wie gut ihr Leben jetzt ist und dass sie durch die Medikamente stabil sind.

Was die neuen Tabletten können, ist ziemlich cool.

Ich habe keine Halluzinationen mehr gehabt oder Stimmen gehört oder so. Es ist wie ein Wunder, wie Dr. Fliederer am ersten Tag zu mir gesagt hat.

Nicht, dass ich keine Rückfälle haben werde, wie sie es nennen, aber solange ich offen damit umgehe, können sie meine Medikamente darauf einstellen, und alles wird gut.

Ich glaube, das ist der verdammte Punkt. Alles wird gut.

Daran glaube ich jetzt.

Und ich sage es meinen Eltern.

»Alles wird gut.«

Mein Dad lächelt und legt mir die Hand auf die Schulter. Er hat sich rasiert und trägt ein Hemd mit Knopfleiste.

»Wir freuen uns, dass du nach Hause kommst«, sagt meine Mom. »Und wir haben dich sehr lieb. Aber wir machen uns Sorgen. Hier drin wissen wir wenigstens, dass du in Sicherheit bist und man sich um dich kümmert. Wenn du wieder zu Hause bist, kannst du nicht wieder einfach zu irgendwelchen Mädchen verschwinden – wie dieser Eliza.«

Ich beiße die Zähne zusammen. »Mom, das ist jetzt vorbei. Ich will so eine Beziehung nicht mehr. Ich konzentriere mich jetzt auf mich und dass es mir besser geht.«

Dr. Frankel springt mir zur Seite und sagt: »So wie ich das sehe, Mrs Cole, lag Miles Fixierung auf Eliza daran, dass die medikamentöse Behandlung nicht richtig angepasst war.«

»Das stimmt«, fügt Dr. Dubonis hinzu und schaut auf sein Klemmbrett, als würde er dort etwas lesen. »Miles befand sich anscheinend die letzten zwei Jahre im Anschluss an seinen ersten psychotischen Schub in einem halb-psychotischen Zustand, weil die Medikamente nicht richtig eingestellt waren.«

Ich betrachte einen getrockneten Schlammspritzer auf meinen Schuhen, während mein Dad sagt: »Moment mal, Entschuldigung. Was genau heißt das?«

Dr. Frankel dreht sich zu mir und fordert mich auf, obwohl ich noch immer nicht hochschaue. »Willst du es ihm sagen, Miles?«

Ich atme ein und aus.

Ich stemme die Füße gegen den Boden und beiße die Zähne zusammen und spiele an meinen Händen herum.

Ich erzähle ihnen, was passiert ist.

Ich erzähle ihnen von Teddy und Dotty Peterson und Simon Tolliver.

Am Ende der Geschichte weinen meine Eltern beide – mein Dad drückt mir die Schultern, und meine Mutter bedeckt das Gesicht mit den Händen.

»Miles, wir hatten ja keine Ahnung«, sagt mein Dad. »Warum hast du uns nichts gesagt?«

»Weil ... weil ich dachte, dass es alles meine Schuld war. Ich wollte dich und Mom davor bewahren, noch mehr daran zu denken.«

»Genau das ist der Punkt«, sagt Dr. Dubonis und räuspert sich wie üblich. »Wir müssen zwischen Ihnen dreien ein offenes Gespräch möglich machen. Wir müssen sicherstellen, das Miles das Vertrauen hat, jegliche Art von Ängsten oder Sorgen mit Ihnen zu besprechen.«

»Natürlich«, sagt mein Dad. »Das wollen wir. Das haben wir immer gewollt.«

»Ich denke, Miles weiß das«, fügt Dr. Frankel hinzu. »Aber wir mussten es zur Sprache bringen, damit Sie voll im Bilde sind.«

Meine Mutter wischt sich die Tränen weg, setzt sich aufrechter hin und streicht sich die Haare zurück.

»Aber ... glauben Sie, er ist so weit?«, fragt sie, und dann an mich gerichtet: »Glaubst du wirklich, dass du so weit bist?«

Ich beuge mich vor und sehe ihre blauen Augen strahlend gegen die brennend gerötete Haut. Die Tränen steigen hoch und laufen wieder über.

»Mom«, flüstere ich heiser. »Mom. Es tut mir leid. Es tut mir leid, alles ist gut.«

Sie schaut mich an, ihr Gesicht verzerrt sich und sie zieht die Brauen zusammen. »*Nicht!* Sag nicht, dass es dir leidtut, Miles. Bitte entschuldige dich nicht.«

Sie weint weiter, und Dr. Frankel holt eine Box Taschentücher vom Schreibtisch.

»Was beunruhigt Sie gerade so sehr?«, fragt er und reicht ihr ein paar Taschentücher.

»Ich ... ich ... ich ...«, beginnt sie und putzt sich die Nase. »Ich fühle mich so ... so schrecklich, dass mein ... mein Sohn ...« Sie dreht sich zu mir. »Dass du wegen mir solche Schuldgefühle hattest, dass du dir diesen ... diese Figur ausgedacht hast. Du sagst immer, dass es dir leidtut. Aber, Mie, *mir* tut es leid.«

Sie weint noch stärker, und ich stehe auf und sage: »Mom, komm schon. Es ist okay. Es ist nicht deine Schuld.«

»Das ist richtig«, sagt Dr. Dubonis. »Niemand ist schuld.«

Ich drücke meine Mutter an mich, und sie drückt mich auch, und ich spüre ihren zerbrechlichen Körper und rieche ihren vertrauten Geruch.

»Keine Entschuldigungen mehr«, sagt meine Mutter.

»Okay, das gilt auch für dich«, sage ich.

Mein Vater steht auf und streicht mir über den Rücken.

»Wenn Sie alle miteinander ehrlich bleiben«, sagt Dr. Dubonis, »werden Sie es schaffen.«

»Aber wir sind da, wenn Sie uns brauchen«, fügt Dr. Frankel hinzu. »Und Miles kommt zweimal die Woche zu mir.«

»Ich weiß, dass du so weit bist«, sagt meine Mutter und streicht mein Hemd glatt. »Ich sehe, dass du es bist.«

Sie umarmt mich noch einmal.

Wir setzen uns wieder.

Wir bringen das Gespräch zu Ende.

Wir sind alle zusammen.

Ich kann nach Hause.

Und alles ist gut.

47

Am Morgen nach meiner Heimkehr erwache ich vom Duft nach geröstetem Bacon. Kaum bin ich aus der Psychiatrie raus, ist das Grau verschwunden, und warmes, helles Sonnenlicht durchflutet mein Zimmer.

Es fühlt sich so sicher und geborgen an, wieder in meinem Bett zu sein – und nicht auf einer Plastikmatratze mit Plastiklaken und einer kaum vorhandenen Decke. Ich will für immer hier liegenbleiben, in meine dicke Decke gekuschelt durchs Fenster raus in die Welt gucken, wo sich die Telefonkabel über den Himmel spannen und keine Krähe mich anstarrt.

Meine Halluzinationen sind weg. Mein Kopf ist klar. Ich will einfach hier liegen, aber das Frühstück riecht so gut, dass ich aufstehe und aufs Klo gehe, und dann wandere ich in die Küche.

»Milesy!«, ruft Jane und betont jede Silbe.

»Janey!«, erwidere ich.

Sie umarmt mich. Ich habe sie zwar gestern Abend schon gesehen, aber heute aufzuwachen und bei ihr zu sein, fühlt sich so richtig nach zu Hause an – und das ist gut.

»Pancakes und Bacon«, verkündet sie. »Dad macht Pancakes und Bacon.«

»Stimmt genau«, ruft mein Dad vom Tisch herüber. »Und Kaffee.«

»Und Orangensaft«, sagt meine Mutter, und ich bin überrascht, weil sie normalerweise nicht mit uns frühstückt. »Ich habe Orangen gepresst.«

»Mann, danke, echt«, sage ich und fülle meinen Teller und gieße mir Kaffee und Orangensaft ein und setze mich zu den dreien an den Tisch.

»Können wir heute an unserem Comic arbeiten?«, fragt Jane.

Und ich antworte, na klar, heute will ich den ganzen Tag nur mit ihr abhängen.

Die Sonne füllt die Küche.

Eine Platte läuft – kein alter Blues, sondern John Coltrane, ein Album mit dem Titel *Ascension*.

Mein Dad erzählt von dem Buch, das er liest, und meine Mom erzählt von der Schule und fragt mich, wie ich mich bei dem Gedanken fühle, am Montag wieder dort hinzugehen.

»Gut«, sage ich – und das stimmt, auch wenn es nicht ganz einfach sein wird, Eliza wiederzusehen.

Aber ich habe meine Freunde – Jackie und Preston und jetzt auch Wanika. Wir haben schon ein paarmal telefoniert, seit wir entlassen wurden, und ich treffe sie tatsächlich morgen in Berkeley auf einen Kaffee. Also kein romantisches Date oder so – überhaupt nicht. Rein freundschaftlich. Ich brauche jetzt Freunde. Und, so großartig Preston auch ist, er weiß nicht, wie das ist.

Wanika schon.

Und Jackie auch, bis zu einem gewissen Grad. Sie ringt mit ihrer eigenen ... Dunkelheit? Irgendwie so was.

Ich habe jetzt zwei wahre Freunde. Und ich kann mit ihnen über alles reden.

Die Scham und die verdammten Geheimnisse bringen mich um. Das haben sie schon einmal fast getan. Und sie werden es wieder tun – wenn ich nicht »schonungslos ehrlich« bin, wie sie es in der Klinik genannt haben.

Die Wahrheit darüber zu sagen, wer ich bin und was mit mir los ist, das ist das Wichtigste. Es mit den anderen zu teilen. Um Hilfe zu bitten. Durch diese Scheiße muss ich durch. Ich muss es versuchen.

Ich frühstücke mit meiner Familie.

Meiner Mom, meinem Dad, Jane.

Wir sind alle zusammen.

Wir stehen das durch.

Und ich habe Hoffnung.

Echte verdammte Hoffnung.

Dass ich ein normales Leben führen kann.

Alles tun kann, was normale Menschen tun.

Wenn ich mich nur reinhänge.

Und nicht loslasse.

Epilog

Jackie sitzt auf der Kaimauer und lässt die Beine baumeln.

Die Sonne ist hell und warm. Der Himmel ist blassblau.

Der Ozean drängt heran. Die Wellen zerschmettern unter uns.

Wir blicken beide hinaus und sagen eine Zeitlang nichts.

Es hat etwas Besonderes, den Ozean anzusehen – etwas Reines und Beruhigendes.

»Es ist wunderschön«, sagt Jackie.

Und sie hat recht. Das ist es.

Sie nimmt ihren Hut ab und streicht sich die Haare zurück. Sie stützt sich auf die Ellbogen.

»Da ist ein Seehund«, sagt sie und zeigt mit dem Finger.

Ich suche mit den Augen, aber ich finde ihn nicht. Im Sonnenlicht zeichnen sich die Narben an meinen Handgelenken gegen die darunterliegenden blauen Adern ab. Sie sind jetzt verheilt. Und mit der Zeit werden sie verblassen.

»Da ist er«, sagt sie aufgeregt.

Und dieses Mal sehe ich ihn, gleich unter der Wasseroberfläche.

»Haifutter«, sage ich.

Jackie lacht.

Ich nehme eine Zigarette, zünde sie an und gebe sie Jackie, dann zünde ich mir selbst eine an.

Ich atme ein und aus.

Die Welt dreht sich um mich.

Und, selbst Monate später, ist fast alles wie immer. Jackie und Preston sind noch immer ein Paar. Eliza und ich reden noch immer nicht miteinander. Mein Dad schreibt noch immer an seinem Buch und arbeitet freiberuflich als Journalist. Meine Mutter ist noch immer in der Bibliothek von Stanyan Hill. Jane ist noch immer die Größte. Und ich gehe noch immer zweimal die Woche zu Dr. Frankel.

Ich nehme dieses Clozaril. Und es funktioniert. Alles funktioniert.

Zumindest im Augenblick.

»Um wie viel Uhr sind wir mit Preston im Castro verabredet?«, frage ich.

Sie lächelt. »Um sechs.« Sie schaukelt die Beine vor und zurück. »Und Wanika kommt auch, hm?«

»Ja«, sage ich. »Sie kommt.«

»Wie geht es ihr? Hatte sie noch mal einen ... wie auch immer ihr das nennt?«

»Nein ... ich glaube nicht.«

Sie lächelt mir zu. »Und du?«

»Nein. Ich glaube nicht.«

Sie lacht. »Wollen wir los?«

»Ja.«

Ich stehe auf.

Und die Wellen brechen hinter mir.

Danksagung

Ich danke
Jette Newell Sheff
Meinem Dad und Karen und Jasper und Daisy
Und meiner Mom
Amanda Urban
Kristen Pettit – ohne sie gäbe es dieses Buch nicht
Hrishi Desai, Hrishi Desai, Hrishi Desai
Shari Goldhagen
Molly Atlas
Barrett Sheff
Mark, Jenny, Becca, Susan, Lucy, Steve
Nancy und Don
Charles Wallace
Nicole und Tim und Julian und Natalie und Cabbage und Matilda und allen Vögeln
Kathy Sherrill
Johnny und Tomoka und Moera und John Wu
Armistead und Chris
Peggy Knickerbocker
Susan und Buddy
Dr. Larissa Mooney

Sue und Nan
Jenny und Jim und Heidi
Bo Feng
Yoko und Sean
Jerry Stahl, Jerry Stahl
Jeremy Kleiner
Brian Geffen
Michael Green
Max Gavron
Andre und Maria Jacquemetton
Powell Weaver
Jamison Monroe
Felix Van Groeningen
Leigh Redman
Shelly Zimmerman
Vin Nucatola
Cameron Crowe
Ramona Guitar Wolf Jackson
Rhett Butler
Cole, der Katze
Wem auch immer das Grundstück am Santa Monica Boulevard gehört, auf dem ich meine Hunde laufen lasse, tut mir leid, dass ich immer wieder ein Loch in den Zaun schneide

Alles Liebe
N